Marliese Arold

Der magische 8. Tag

Marliese Arold

Der magische 8. Tag

VERBORGENE KRÄFTE

BAND 1

EDEL : KIDS

Der magische 8. Tag
Verborgene Kräfte
ISBN 978-3-96129-042-0

Edel:Kids Books
Ein Verlag der Edel Germany GmbH

www.edel.com
1. Auflage 2018

Projektkoordination: Christiane Rittershausen
Lektorat: Almut Schmidt
Text: Marliese Arold
Umschlaggestaltung: Geviert Grafik & Typographie
unter Verwendung von Motiven von © EVA105/Shutterstock
und © iktash/Shutterstock
Layout und Satz: Uhl + Massopoust, Aalen
Herstellung: Frank Jansen
Druck und Bindung: GGP Media GmbH, Pößneck

Printed in Germany

Inhalt

Die geheimnisvolle Uhr

»Pizza ist in acht Minuten fertig«, rief Papa von unten.

»In Ordnung, ich komme gleich!«, antwortete Laura Lilienstedt. Seufzend klappte sie das Buch zu, das sie gerade las. Es war ein alter Band mit wunderschönen russischen Märchen. Laura liebte die fantastischen Geschichten und die vielen Bilder. Mama würde jetzt wieder meckern und sagen, dass Laura mit ihren dreizehn Jahren zu alt für Märchen war. Aber Laura fand, Märchen waren zeitlos. Man konnte sie auch noch mit achtzehn oder mit achtundachtzig lesen, vorausgesetzt, die Augen machten da noch mit.

Laura legte ihr silbernes Lesezeichen zwischen die Seiten und klappte das dicke Buch zu. Wieder einmal roch sie an dem braunen Leder des Einbands. Die verschnörkelte goldene Schrift war schon ein bisschen abgeblättert, aber das tat der Schönheit des Buches keinen Abbruch.

Sie legte den Band neben sich auf die Couch und strich über deren roten Samtbezug. Er fühlte sich herrlich weich an. Papa hatte ihr erklärt, dass man auch Ottomane zu der Couch sagen konnte. Wegen der besonderen Form. Eine Ottomane hatte eine schräg verlaufende Rückenlehne und runde Armlehnen.

Laura war stolz darauf, dass Papa so schöne Möbel bauen konnte. Meistens reparierte er jedoch alte Möbel. Oder besser, er *restaurierte* sie, wie es richtig hieß. Das war eine große Kunst, weil man dann genau das gleiche Holz finden musste oder einen ähnlichen Stoff, damit die Möbel so aussahen wie früher. Und man durfte auch nicht einfach irgendwelche modernen Nägel oder Kreuzschrauben verwenden, wenn sich ein Teil gelockert hatte.

»Noch vier Minuten!«, rief Papa.

»Ja-aaa.«

Lauras Blick wanderte im Raum umher. Hier im Turmzimmer hielt sie sich am liebsten auf, wenn sie das Wochenende oder die Ferien bei Papa verbrachte.

Der Raum hatte acht Ecken und war sehr groß. Durch die vier Rundbogenfenster, die genau nach Süden, Westen, Norden und Osten gingen, hatte Laura praktisch eine Rundumsicht. Manchmal fühlte sie sich hier im Turm wie eine Prinzessin – obwohl sie für Prinzessinnenfantasien nun wirklich zu alt war. Aber die schönen Möbel, die Papa in dieses Zimmer gestellt hatte, waren wirklich zauberhaft und luden zum Träumen ein.

Ein besonderer Hingucker war der Schreibtisch, den Papa erst vor Kurzem restauriert und über die Wendeltreppe mühsam in dieses Zimmer gehievt hatte. Dazu hatte er einen Flaschenzug und die Hilfe zweier Freunde benötigt, weil das Möbelstück so schwer und sperrig war. Es handelte sich um einen *Sekretär*, der über hundertfünfzig Jahre alt war. Er besaß unzählige Schubladen und Klappen, und Laura liebte es, diese kleinen Schubladen aufzuziehen und ihre Schätze darin zu verstauen – beispielsweise die Muscheln aus dem letzten Urlaub oder die Liebesbriefe, die sich Uroma und Uropa während des Zweiten Weltkrieges geschrieben hatten.

Mama warf Laura immer vor, sie sei eine Sammlerin und sie solle doch nicht das ganze alte Zeug aufbewahren, sonst werde sie eines Tages als Messie enden. In Lauras Zimmer bei Mama gab es keine Bücher, sondern nur einen E-Book-Reader, weil dieser weniger Platz wegnahm. Und wenn Mama die alten Liebesbriefe gesehen hätte, dann hätte sie diese sofort weggeworfen. Dabei waren die Briefe so süß, sie begannen beispielsweise mit: »Mein lieber Heinz, ich hoffe, du bist noch am Leben und unverletzt. Ich habe dich jeden Abend in mein Gebet eingeschlossen …« Und Uropa schrieb dann zurück: »Meine kleine Helga, der Gedanke an dich gibt mir Kraft und lässt mich all das Schreckliche ertragen …«

Laura hatte plötzlich Lust, die alten Briefe herauszukramen, bevor sie mit Papa zu Abend aß und dann zu Mama zurückfuhr. Sie trat an den Sekretär, öffnete die große Klappe mit einem vergoldeten Schlüssel und betrachtete die vielen Schubladen hinter der Schreibplatte. Dabei fiel ihr zum ersten Mal eine Stelle in dem polierten Holz auf, die aussah wie ein Astloch. Laura streckte die Hand aus. Ihr Zeigefinger strich über die Stelle, die sich beweglich anfühlte. War es ein Knopf?

Laura verstärkte den Druck ihres Fingers. Tatsächlich! Sie konnte das Astloch nach unten drücken. Sofort begann es im Innern des Sekretärs zu schnarren wie bei einem alten Uhrwerk.

Laura traute ihren Augen nicht, als sich einige Schubladen ein Stück nach rechts verschoben. In der entstandenen Öffnung stieg von unten eine weitere kleine Schublade herauf.

»Nein!«, rief Laura überrascht. Ein Geheimfach! Ihre Finger zitterten, als sie die Schublade vorsichtig aufzog.

Im Innern lag ein kleiner roter Samtbeutel, der mit einem schwarzen Seidenband zugebunden war.

Lauras Herz klopfte heftig, als sie den Beutel aus der Schublade nahm. Sie spürte, dass sich etwas darin befand. Hatte sie einen verborgenen Schatz gefunden? Alte Münzen vielleicht?

Hastig löste sie das Seidenband und griff in den Beutel. Zuerst bekam sie ein zusammengefaltetes Stück Papier in die Finger. Dann ertastete Laura eine schwere Metallkette und etwas Kühles, Glattes. Sie zog einen flachen, goldenen Gegenstand aus dem Beutel. Er war achteckig und hing an einer Kette, die ebenfalls golden war.

Eine Taschenuhr!

Laura vernahm ein leises, gleichmäßiges Ticken. Neugierig untersuchte sie die Uhr und stellte fest, dass sich der Deckel aufklappen ließ.

Das Zifferblatt war äußerst kunstvoll gestaltet und hatte römische Zahlen. Der Untergrund schimmerte silbern. Stunden- und Minutenzeiger bestanden aus feinem Gold und waren verschnörkelt. Der Sekundenzeiger wanderte langsam im Kreis herum. Es befand sich noch ein weiteres kleineres Zifferblatt auf dem großen Zifferblatt, doch die beiden dazugehörigen Zeiger standen still.

Im Innern des goldenen Deckels war in Schnörkelschrift CARPE DIEM eingraviert. Laura wusste sogar, was das hieß: Nutze den Tag! Das hatte Papa ihr einmal erklärt. Es bedeutete, dass man die Chancen, die einem der Tag bietet, ergreifen soll, weil das Leben für jeden irgendwann einmal zu Ende geht.

Unter der Schrift befand sich eine liegende Acht – das Unendlichkeitszeichen.

Was für ein Fund!

Laura liebte die Zahl Acht. Sie war am achten Tag des achten Monats geboren, also am achten August, und witzigerweise auch noch um acht Uhr acht. Sie hatte ihre Mutter gefragt, ob die Hebamme vielleicht getrickst hätte, weil sie das Datum so lustig gefunden hatte, aber Mama hatte geschworen, dass alles seine Richtigkeit gehabt hatte.

»Pizza ist fertig!«, brüllte Papa. »Bitte komm SOFORT!«

»Gleich!«

Laura drückte den Deckel wieder zu und stopfte die Uhr in den Samtbeutel zurück. Dann faltete sie das Blatt Papier auseinander. Jemand hatte mit dunkler Tinte einen rätselhaften Text darauf geschrieben.

Entdecke das Geheimnis des Ewigen Kalenders!

Nicht sieben Tage, sondern acht
verleihen dir besond're Macht.
Während der geschenkten Stunden
wirst du vieles neu erkunden,
wirst auch manches neu entdecken
zu guten und zu bösen Zwecken.
Hab auf dies Geschenk gut acht,
verwende es nur mit Bedacht!
Damit dein Glück nicht bald zerbricht,
verrate dein Geheimnis nicht!

Was, verflixt noch mal, war ein *Ewiger Kalender*? Und warum war in dem Gedicht die Rede von einem achten Tag? Laura schwirrte der Kopf.

»LAURA!!!« Papa, sonst die Geduld in Person, klang jetzt ärgerlich.

»Komme schon!«, antwortete Laura, stopfte den Zettel in den Samtbeutel und steckte den Beutel in ihren Rucksack. Sie rannte zur Wendeltreppe, stolperte die Stufen hinab und eilte in die Küche, wo Papa den Tisch gedeckt hatte.

»Na endlich!« Lauras Vater zog das Blech aus dem Backofen. Es dampfte. »Hast dich wieder mal nicht von dem Buch losreißen können, stimmt's?«

»Genau«, log Laura und setzte sich an den Tisch. Am liebsten hätte sie Papa von ihrem Fund erzählt, aber sie hatte noch den letzten Satz im Gedächtnis: *Damit dein Glück nicht bald zerbricht, verrate dein Geheimnis nicht!* Deswegen schwieg sie, obwohl sie sonst mit ihrem Vater über alles redete, beispielsweise über die Schule, über Mama oder über Elias, ihren nervigen kleinen Bruder.

Es roch verführerisch nach Tomaten, Zwiebeln und Käse. Laura lief das Wasser im Mund zusammen. Papa machte die weltbeste Pizza!

Dann saßen sie gemeinsam am Tisch. Herr Lilienstedt hatte die Pizza in zwei Hälften geteilt. Es war eine Riesenportion für jeden. Aber wenn man die Woche über nach einem strikten Ernährungsplan gefüttert wurde, dann musste man das Essen bei Papa einfach genießen!

»Lecker!«, lobte Laura, nachdem sie den ersten Bissen genommen und sich fast den Mund verbrannt hatte.

Papa lächelte geschmeichelt. Er war vielleicht nicht hübsch mit seinem runden Gesicht und dem schütteren Haar, das oft unter einer Kappe verschwand. Er hatte eine Knubbelnase und rote Bäckchen, und wenn er sich den Bart etwas länger wachsen ließ wie jetzt, sah er aus wie ein Zwerg aus einem seiner Märchenbücher. Allerdings war er nicht kleinwüchsig, sondern erreichte mit seinen 1,86 Metern eine stattliche Größe. Laura war früher immer sehr stolz auf ihren starken Papa gewesen, der mühelos einen schweren Schrank herumheben konnte. Wie oft hatte er sie in die Luft geschleudert, als sie noch nicht zur Schule ging. »Flieg, mein Engelchen, flieg!«, hatte er dabei gerufen. Und Laura hatte damals gehofft, tatsächlich in den Himmel zu fliegen. Sie musste schmunzeln, als sie sich daran erinnerte.

»Woran denkst du?«, fragte Papa.

»Ich habe daran gedacht, wie es früher gewesen ist«, antwortete Laura zwischen zwei Bissen. »Wie du mich in die Luft geworfen hast. Und wie du mir damals das tolle Häuschen im Garten gebaut hast. Und wie wir immer ganz viel zusammen gemacht haben…« Jetzt, wo sie es aussprach, schien das alles unendlich lange her zu sein. Damals waren sie noch eine richtige Familie gewesen, und Laura hatte mit ihren Eltern und ihrem Bruder in dieser alten Villa mit dem achteckigen Turm gewohnt.

»Oh, dann hast du vergessen, wie sehr ich euch immer auf die Nerven gegangen bin!«, meinte Papa und prustete los. Wenn er lachte, wurde sein Mund ganz breit, seine weißen Zähne blitzten, und alles in seinem Gesicht lachte mit: Die blauen Augen und die vielen, vielen kleinen Fältchen. Sein Lachen war ansteckend, und es war unmöglich, dabei traurig zu sein. Er lachte die Probleme einfach weg.

Laura musste mitlachen und verschluckte sich beinahe. Sie nahm einen Schluck Orangensaft. »Du bist uns überhaupt nicht auf die Nerven gegangen«, widersprach sie dann.

»Oh doch. Erinnerst du dich nicht, wie du mich oft um eine Geschichte angebettelt hast, aber ich wollte unbedingt noch ein Möbelstück fertig machen? Dann hat Mama dir vorgelesen, und du hast geschrien wie am Spieß …«

»Stimmt gar nicht!«

»Und ob! Irgendwann hast du dich natürlich daran gewöhnt. Und dann wollte ich oft mit dir und Elias sonntags in den Wald gehen, aber ihr wolltet lieber in einen Vergnügungspark fahren. Und wenn ihr dann nach einem langen Kampf doch mitgegangen seid, weil ich euch mit einem Spielzeug bestochen habe, dann habt ihr euch schrecklich gelangweilt!«

Die Waldspaziergänge … Okay, manchmal war es wirklich langweilig gewesen, besonders im Sommer, wenn sie bei großer Hitze stundenlang gelaufen waren. Und einmal hatten sie versehentlich Picknick direkt neben einer Ameisenkolonie gemacht, und die kleinen Tierchen waren über Lauras Beine gekrabbelt. Es hatte schrecklich gejuckt …

»Trotzdem ist es schade, dass ihr euch getrennt habt, du und Mama«, murmelte Laura.

»Ach Schätzchen, das haben wir doch schon x-mal durchgekaut«, antwortete Papa, und sein Gesicht wurde ernst. Die blauen Augen schauten ganz traurig. »Es hat einfach nicht mehr funktioniert. Mama und ich, wir hatten viele gute Jahre zusammen, aber dann haben wir uns ja fast nur noch gestritten. Davon haben du und Elias nicht viel mitgekriegt, weil wir uns in eurer Gegenwart zusammengenommen haben. Die Trennung war für uns alle das Beste, glaub mir.«

»Mmhhh«, machte Laura nur. Das Beste war es bestimmt nicht, aber es war nutzlos, immer wieder mit dem Thema anzufangen. Sie hatte es oft genug versucht. Ohne Erfolg. Papa und Mama würden nie, nie, nie wieder zusammenziehen, auch wenn sich Laura das noch so sehr wünschte. So viel begriff man, wenn man dreizehn Jahre alt war: Wünsche gingen nicht immer in Erfüllung.

Unwillkürlich kam ihr die seltsame Uhr in den Kopf, aber sie drängte den Gedanken rasch beiseite. Du meine Güte, es fehlte nur noch, dass sie sich einbildete, einen *magischen* Gegenstand gefunden zu haben. Aus dem Alter war sie nun wirklich raus!

»Was machst du in der kommenden Woche?«, wollte Papa wissen. Ein Käsefaden hatte sich in seinem Bart verfangen, und Papa bemühte sich, ihn zu entfernen.

»Nichts Besonderes«, antwortete Laura. »Schule halt und so.« Ihr grauste ein wenig vor der schrecklichen Eintönigkeit, die ihr bevorstand. Die Schule war ja noch einigermaßen interessant, aber die Nachmittage waren absolut öde. Mama hatte für Laura ein Fitnessprogramm und einen Ernährungsplan aufgestellt. Sie wollte, dass ihre Tochter möglichst gesund aufwuchs. Laura war zwar kein Gramm zu dick, aber Mamas Plan bedeutete, keine Schokolade zwischendurch und an drei Nachmittagen in der Woche in den Trainingsraum, wo sie jeweils zwei Stunden trainieren sollte. Deshalb konnte Laura sich an diesen Tagen nicht mit Freundinnen verabreden. Und weil ihre Freundinnen ebenfalls einen durchstrukturierten Wochenplan hatten, fand so gut wie kein Treffen statt. Außerdem hatte Mama sich dieses brandneue 3-D-Festnetztelefon gekauft, bei dem der Kopf des Gesprächspartners als Hologramm erschien. Dieses System störte aber Lauras Laptop und Handy. Es knisterte und knackte, und oft brach die Telefonverbindung mittendrin einfach ab. So war Laura um das Vergnügen gebracht worden, von ihrem Zimmer aus stundenlang mit ihren Freundinnen telefonieren zu können. Laura bettelte schon seit einer Weile um neue Geräte, aber Mama weigerte sich, denn Lauras Handy und Laptop waren kaum ein Jahr alt. Immerhin konnte Laura noch Nachrichten schicken und empfangen, aber das war nicht vergleichbar mit einem vertraulichen Gespräch. Vielleicht hatte Laura deswegen fast keine Freundinnen mehr. Eigentlich gab es nur noch eine: Olivia Maurer, die mit ihr in dieselbe Klasse ging.

»Es war schön bei dir, Papa«, sagte Laura, nachdem sie die Pizza aufgegessen hatte, und machte Anstalten, aufzustehen.

»Noch einen Nachtisch?«, fragte Papa. »Im Kühlschrank steht Schokopudding.«

Laura überlegte einen Moment. Der Gedanke an Schokopudding war verführerisch. Aber ein Blick auf die altmodische Pendeluhr, die in Papas Küche stand, zeigte ihr, dass es höchste Zeit war aufzubrechen.

»Ein andermal«, erwiderte Laura. »Ich muss jetzt leider nach Hause.«

Nach Hause. Es fühlte sich immer noch falsch an, wenn sie das sagte. Diese Villa hier war ihr eigentliches Zuhause, nicht die hypermoderne Wohnung in dem hypermodernen Hochhaus. Aber die Eltern hatten so entschieden, und Laura und Elias hatten sich fügen müssen.

Laura küsste ihren Papa auf die Wange, kraulte ihm kurz den Bart und versuchte, den Kloß in ihrer Kehle zu ignorieren.

»Mach's gut, Papa! Bis nächsten Freitag!«

»Du auch, Laura. Halt die Ohren steif.«

Ein seltsamer Morgen

Laura verließ die Villa und ging auf dem Kiesweg zum Tor. Der Weg war schon lange nicht mehr geharkt worden, und überall wuchs Unkraut. *Wildkräuter*, wie Papa sagte. Die Sträucher links und rechts hatten seit Monaten keine Gartenschere mehr gesehen. Laura schluckte. Trotzdem war es immer noch *ihr* Garten, in dem sie und Elias jahrelang gespielt hatten. Der schönste Garten der Welt, auch wenn Mama diese Wildnis schrecklich fand.

Das rote Auto wartete schon vor dem Tor. Laura warf ihren Rucksack auf den Rücksitz und stieg auf der Beifahrerseite ein.

»Nach Hause!«

Laura fand es immer noch faszinierend, dass kein Fahrer mehr nötig war. Sie besaßen das Auto erst seit vier Wochen. Alle Bewohner des Hochhauses beneideten die Lilienstedts darum. Papa dagegen meinte, es sei wieder mal typisch für Mama gewesen, sich so etwas anzuschaffen. Sie müsse den anderen immer eine Nasenlänge voraus sein.

Das Auto fuhr nahezu lautlos. Es besaß einen umweltfreundlichen Elektromotor. Sicher bewegte es sich durch die Straßen. Nach einigen Minuten hielt es im Akeleiweg vor der Nummer acht, einem Hochhaus, das aussah wie ein großer Würfel. Die vielen Fenster hatten nicht nur die Eigenschaft, dass man sie niemals putzen musste, sondern sie verdunkelten sich automatisch bei zu großer Sonneneinstrahlung. Nachts leuchteten sie für die Betrachter draußen in bunten Farben.

Laura fand das Hochhaus total hässlich, obwohl der japanische Architekt dafür einen Designerpreis gewonnen hatte.

»Garage!«, befahl Laura, nachdem sie ausgestiegen war.

Das Auto setzte sich gehorsam in Bewegung. Laura sah zu, wie der Wagen zur Tiefgarage einbog, dessen Tor sich automatisch öffnete.

Laura schulterte ihren Rucksack und lief zur Eingangstür. Dort hielt sie ihren Daumen auf das Sensorfeld an der Wand und wartete, bis die Tür aufging. Sie betrat die Halle, wo die bizarre Topfpflanze auf der Säule noch trauriger aussah als am Freitagnachmittag, als Laura das Gebäude verlassen hatte.

»Arme Ufo-Pflanze!«, murmelte Laura. »Keiner liebt dich!«

Die Putzroboter kamen einfach nicht mit den Grünpflanzen zurecht. Manchmal ertränkten sie sie, manchmal ließen sie sie verdorren. Der Wassersensor war nach wie vor ein schwacher Punkt, das war auch nach der Rückrufaktion der Herstellerfirma nicht besser geworden.

Laura hatte Glück, der Aufzug war gerade unten. Sie ging hinein und drückte auf den Knopf mit der Acht. Die Türen schlossen sich mit einem sanften »Zscht«, dann bewegte sich der Aufzug nach oben. Exakt acht Sekunden später stoppte er so ruckartig, dass Laura ihrerseits die Pizza stoppen musste, die sie vorhin bei Papa gegessen hatte. Zu viel Fett, zu viel Käse, zu viele Gewürze und vor allem ein viel zu großes Stück. Aber lecker.

Laura verließ den Aufzug und ging den Flur entlang. Ihre Mutter öffnete die Wohnungstür und lächelte. Wie immer war sie perfekt gestylt, selbst jetzt, an einem Sonntagabend, in ihrer Freizeit. Laura konnte sich nicht erinnern, wann ihre Mutter zuletzt in einer Jogginghose auf der Couch herumgelümmelt hatte.

»Hallo, Laura!«

»Kannst du hellsehen?«, fragte Laura überrascht. »Woher hast du gewusst, dass ich komme?«

»Ich hab an der Anzeige gesehen, dass der Wagen wieder in der Tiefgarage parkt. Deswegen konnte ich ausrechnen, wann du hier bist. Wie war's bei Papa?«

»Mit dem Aufzug stimmt etwas nicht«, sagte Laura, ohne auf die Frage einzugehen. »Er bremst viel zu hart.«

»Das ist mir auch schon aufgefallen. Ich habe bereits die Hausverwaltung informiert. Hast du Hunger?«

»Ich hab bei Papa gegessen.«

»Oh. Was gab es denn?«

»Gemüsebratlinge mit Sojasoße und Couscous«, log Laura. Sie schob sich an ihrer Mutter vorbei, um in ihr Zimmer zu gehen. Elias' Tür war nur angelehnt, Laura hörte die Geräusche eines Computerspiels, die Lieblingsbeschäftigung ihres neunjährigen Bruders.

Kaum hatte Laura ihren Rucksack auf dem Boden abgestellt, surrte Amy, der Haushaltsroboter, hinter ihr ins Zimmer.

»Smutzwässe, bitte«, forderte die mechanische Stimme, und die Teleskoparme streckten Laura einen leeren Wäschekorb entgegen, in den sie ihre schmutzige Wäsche werfen sollte.

»Einen Moment, Amy.« Laura zog den Reißverschluss ihres Rucksacks auf und wühlte darin herum. Währenddessen blinkten Amys rote Augen. Der Roboter würde sich erst wieder von der Stelle rühren, wenn Laura den Wäschekorb gefüllt hatte.

Laura holte ihren Lieblingsschlafanzug, Jeans und ein Sweatshirt heraus und stopfte alles in den Wäschekorb.

»Amy dankt«, sagte der Roboter. Die Augenfarbe wechselte auf Grün, und das Blinken hörte auf. Er wollte schon mit dem Korb abdrehen, als er den Pullover entdeckte, den Laura jetzt erst aus dem Rucksack zog.

»Mehr Smutzwässe, bitte«, säuselte die Stimme, die Augen fingen erneut an, rot zu blinken. Wieder erschien der Korb vor Laura.

Laura hob genervt die Augenbrauen. Amys Sprachfehler war einfach nicht auszurotten, selbst nach mehreren Updates.

»Der Pullover muss nicht gewaschen werden, ich habe ihn nicht getragen«, erklärte Laura. »Und jetzt Abmarsch!«

Sie musste erst auf den »Weiter-im-Programm«-Knopf auf der Roboterbrust drücken, damit Amys Augen zu blinken aufhörten und wieder sanft und grün wurden.

»Amy dankt!«, wiederholte Amy und rollte aus dem Zimmer.

Laura schloss hinter dem Roboter die Tür. Dann legte sie den Pullover auf ihr Bett, faltete ihn auseinander und griff nach dem roten Samtbeutel, den sie in dem Kleidungsstück versteckt hatte. Obwohl es sie reizte, die Taschenuhr noch einmal genau zu betrachten, ließ sie den Samtbeutel in ihrem Nachtschränkchen verschwinden. Mama würde gleich hereinschneien, um sie über das Wochenende bei Papa auszufragen. Das war jedes Mal so.

Laura legte rasch ihr Fitnessarmband an, das registrierte, wie viel sie sich bewegte, wie schnell ihr Herzschlag und wie hoch ihr Blutdruck war und wie viele Kalorien sie verbraucht hatte. Seit ein Klassenkamerad ihr gezeigt hatte, wie man das Armband manipulieren konnte, trug sie es nur noch unregelmäßig. Und anstatt sich im Trainingsraum abzumühen, konnte sie die Zeit nutzen, um zu lesen. In ihrem Rucksack steckten wieder zwei Bücher von Papa.

Laura hatte den Verschluss des Armbands gerade geschlossen, als Mama schon klopfte und dann eintrat.

»Hattest du ein schönes Wochenende?«, fragte sie mit ihrer superfreundlichen Aushorch-Stimme und setzte sich auf den roten Schreibtischstuhl.

»Geht so«, murmelte Laura. Mit der Zeit hatte sie herausgefunden, welche Antworten Mama am liebsten hörte und was Laura besser nicht erzählte.

»Hat Papa eigentlich wieder eine Freundin?«

Das war eine Frage, mit der Laura nicht gerechnet hatte. Ihr wurde heiß. Sie fühlte, wie ihr das Blut in den Kopf stieg. Papa und eine Freundin? Der Gedanke war unvorstellbar, obwohl Laura natürlich wusste, dass sich viele Leute neu verliebten, wenn sie sich von ihrem Partner getrennt hatten. Aber eine neue Frau in Papas Leben? Jemand, der in der alten Villa umherging, mit Papa am selben Tisch saß und im selben Bett …

»NEIN!«, sagte Laura im Brustton der Überzeugung. »Bestimmt nicht.«

»Überleg doch mal. Du hast nichts bemerkt?« Mama ließ nicht locker. »Vielleicht eine neue Zahnbürste im Badezimmer? Oder ein Lippenstift? Ein Fläschchen Parfüm?«

Laura schüttelte den Kopf, obwohl sie sich im Badezimmer nicht zu genau umgesehen hatte. Sie hatte zwar einige Zeit dort verbracht (sie pflegte auch auf dem Klo zu lesen), aber die Ablage vor dem Spiegel hatte sie nicht kontrolliert. Jedenfalls nicht so genau, wie Mama es erwartete.

»Nein. Wie kommst du darauf, dass Papa eine Freundin hat?«, sprudelte Laura hervor. »Wieso sollte er?« Noch während sie die letzte Frage aussprach, blitzte in ihr ein Gedanke auf. Die Andeutungen, die Mama in der letzten Zeit gemacht hatte. Die Tatsache, dass sie jetzt abends ab und zu wegging und dafür bei dem Haushaltsroboter die Funktion »Babysitter« gewählt hatte. Was absolut lächerlich war, denn Amy hatte die ganze Zeit über Wiegenlieder vor sich hin gesummt und den Schaukelstuhl angestupst, als sei dieser eine Wiege. Das Schärfste aber war, dass Amy mehrmals in Elias' Zimmer gerollt war und ihn aus dem Schlaf gerissen hatte, indem sie ihn gefragt hatte: »Jetzt kacka müssen, ja?« (Mama hatte vergessen, bei der Funktion »Babysitter« das Alter der Kinder einzustellen.)

»So ganz unmöglich wäre es ja nicht, dass Papa eine Freundin hat.« Mama räusperte sich, und Laura wusste, dass jetzt eine Neuigkeit kam, die sie lieber nicht hören wollte. »Vielleicht hast du es dir schon gedacht, aber ich treffe mich seit einiger Zeit wieder mit einem Mann.«

Laura kämpfte gegen den Wunsch an, sich die Ohren

zuzuhalten und laut »La-la-la-la!« zu singen. Stattdessen schluckte sie und fragte mit belegter Stimme: »Wer ist es?«

»Er heißt Bernd Asshoff«, antwortete Mama. »*Dr.* Bernd Asshoff. Er ist mein Chef.«

»Oh!« Laura wusste nicht, was sie sagen sollte, während eine Stimme in ihrem Hinterkopf trällerte: *Asshoff-Asshole, Asshoff-Asshole …*

Lauras Mutter, Valerie Lilienstedt, arbeitete in einer großen Firma namens TEMP. Laura wusste nicht so richtig, was sie da genau tat, aber jedenfalls verdiente sie eine Menge Geld, sodass sie die teure Wohnung, das Auto und den Roboter bezahlen konnte. Außerdem überwies sie Papa jeden Monat eine stattliche Summe (was sie auch immer wieder betonte), weil dieser mit seinen Restaurationsarbeiten lächerlich wenig einnahm.

»In der nächsten Zeit werdet ihr Bernd kennenlernen«, kündigte Mama an. »Er ist übrigens seit zwei Jahren geschieden, um deiner Frage vorzubeugen.«

Laura betrachtete ihre Mutter. Sie sah angespannt aus, daran konnte auch das Make-up nichts ändern. Ansonsten war sie eine attraktive Frau mit ihren achtunddreißig Jahren. Sie hatte ein ovales Gesicht, graue Augen und kurz geschnittenes schwarzes Haar. Ihre Lippen waren voll, wenn sie sie nicht gerade aufeinanderpresste wie jetzt. Laura war mit ihren 1,70 Metern inzwischen fast so groß wie sie, es fehlten nur noch zwei Zentimeter. Mamas

Figur war ein Traum – und das Ergebnis vieler Stunden im Trainingsraum.

»Warum sagst du nichts?«, fragte Mama, weil Laura die ganze Zeit schwieg.

»Warum ich nichts sage?« All ihre Anspannung, ihre Wut und unterdrückten Zweifel platzten jetzt aus Laura heraus. »Weil ich keine Lust habe, diesen Bernd kennenzulernen! Du sollst keinen Freund haben und Papa keine Freundin! Ich will, dass ihr euch wieder vertragt und dass wir wieder in die alte Villa ziehen!« Sie konnte vor lauter Schluchzen nicht weitersprechen, warf sich aufs Bett und heulte in ihre Kopfkissen.

Mama begann auf sie einzureden: »Laura, sei doch vernünftig! Bernd ist sehr nett!« – »Wir können nicht einfach in unser altes Leben zurück!« – »Ich dachte, du bist alt genug, um das zu verstehen!«

Und schließlich: »Benimm dich nicht so kindisch!«

Laura hörte, wie ihre Mutter aufstand und das Zimmer verließ.

Langsam setzte sich Laura auf. Sie schniefte ein paar Mal und putzte sich mit einem Papiertaschentuch die Nase. Dann zog sie ihren Laptop aus dem Rucksack, klappte ihn auf und suchte nach dem Begriff *Ewiger Kalender*.

Kurz darauf war sie schlauer. Ihr Fund war anscheinend wirklich etwas Besonderes. Ein Ewiger Kalender war eine Uhr, die Stunden, Tage und Monate zählte, unermüdlich. Sie zeigte immer den richtigen Tag an, ohne sich je zu irren, egal, ob der Monat dreißig oder einunddreißig Tage hatte. Oder nur achtundzwanzig. Oder auch neunundzwanzig, wenn es sich um ein Schaltjahr handelte.

Es war eine große Herausforderung für einen Uhrmacher, eine solche Uhr zu bauen. Er musste winzigste Zahnräder zu Hilfe nehmen, um den Minuten-, den Stundenzeiger und die Datumsanzeige anzutreiben. Die Zahnrädchen mussten sich drehen und ineinandergreifen, damit die Datumsanzeige im richtigen Moment auf den nächsten Tag sprang, auf die nächste Woche, auf den nächsten Monat und auf das nächste Jahr. Was für den Betrachter so einfach aussah, war ein wahres Wunderwerk der Mechanik, verborgen im Innern der Uhr.

Im Internet wurden als erklärendes Beispiel Uhren gezeigt, die viele Tausend Euro kosteten. Keine sah jedoch so aus wie die, die Laura gefunden hatte.

Mit gemischten Gefühlen klappte sie ihren Laptop zu und steckte ihn in ihren Schulrucksack. Dann stopfte sie noch ihre Sportsachen dazu. Montags hatten sie immer Sport bei Frau Pilau – ein Fach, das Laura hasste. Denn Frau Pilau überprüfte zunächst alle Fitnessarmbänder, überspielte die Ergebnisse auf ihr Tablet und verglich dann die Leistungen der Einzelnen mit dem Trainingsstand auf dem Armband. Im Gegensatz zu Mama wusste sie bereits, dass sich die Armbänder manipulieren ließen, und sie drohte den Betrügern mit einer Mitteilung an die Eltern.

Bei dem Gedanken daran schnitt Laura eine Grimasse. Ganz sicher würde es wieder Ärger mit Mama geben …

Vor dem Schlafengehen holte sie noch einmal das Samttäschchen aus ihrem Nachttisch. Sie bewunderte das Gold der Uhr, die achteckige Form, die Gravierung und das wunderschöne Zifferblatt. Immer wieder las sie den handgeschriebenen Text, der ihr nach wie vor Rätsel aufgab.

Nicht sieben Tage, sondern acht
verleihen dir besond're Macht.
Während der geschenkten Stunden
wirst du vieles neu erkunden,
wirst auch manches neu entdecken
zu guten und zu bösen Zwecken.

Schließlich fielen ihr die Augen zu.

»Aufstehen, du Schlafmütze!«, befahl eine leicht knarrende Stimme. »Wir haben viel vor, und du willst doch keine Zeit verlieren, oder?«

Hat Amy einen Schaden?, dachte Laura, bevor sie die Augen öffnete. Sie spricht so komisch!

Normalerweise wurde Laura von dem Haushaltsroboter geweckt, der sie sanft säuselnd aus dem Reich der Träume holte.

Doch an diesem Morgen stand nicht Amy vor dem Bett, sondern auf der Bettdecke saß Samson, Lauras pechschwarzer Kater. Sie hatte damals Rotz und Wasser geheult, um ihn in den Akeleiweg mitnehmen zu dürfen. Mama, die den Kater nicht sonderlich leiden konnte, hatte schließlich nachgegeben.

»Raus mit dir!«, sagte die knarrende Stimme wieder, diesmal mit mehr Nachdruck. »Du kannst ein andermal weiterschlafen!«

Laura blinzelte. Das konnte doch nicht wahr sein! Träumte sie, oder hatte sich Samsons Mund tatsächlich bewegt? Und warum hing die goldene Taschenuhr um seinen Hals?

»Äh … Seit wann kannst du sprechen, Samson?«

»Schon immer. Frag nicht so dumm! Und jetzt raus aus den Federn!«

Samson sprang mit einem großen Satz vom Bett herunter. Er drehte sich um, um zu sehen, ob sie ihm auch folgte.

Laura schlug die Decke zurück und schwang die Beine über die Bettkante. »Moment mal …« Sie entdeckte, dass der Samtbeutel und der Zettel heruntergefallen waren. Sie hob beides auf und legte die Sachen in die Nachttischschublade.

Samson war schon bei der Tür. »Beeil dich! Es ist schon Viertel nach sieben!«

»Äh … Seit wann kennst du die Uhr?«, fragte Laura belämmert.

Der Kater warf ihr einen beleidigten Blick zu und verschwand durch den Türspalt.

Natürlich kennt er die Uhr, er weiß genau, wann es Futter gibt!, schoss es Laura durch den Kopf. Gleichzeitig hatte sie das Gefühl, dass mit ihrem Gehirn etwas nicht stimmte. Sie versuchte, die Benommenheit von sich abzuschütteln, während sie das Zimmer durchquerte. Auf dem Flur war es ungewöhnlich still. Kein Elias, der herumschrie oder seine Schuhe gegen die Wand warf. Keine Mutter, die hektisch auf die Uhr sah und ihre Kinder antrieb, damit sie rechtzeitig zur Schule kamen.

Samson saß vor der Badezimmertür, den schwarzen Schwanz steil aufgerichtet. Seine gelben Augen funkelten.

»Ja, ja, ich mach ja schon«, murmelte Laura und huschte ins Badezimmer.

Es sah ein bisschen anders aus als sonst, und Laura war mehr denn je überzeugt, dass sie träumte. Als sie das Klo benutzte, musste sie an einer langen Kette ziehen, um zu spülen. Und die Handtücher hatten ein Muster, das Laura noch nie gesehen hatte und das ganz gewiss nicht nach Mamas Geschmack war: lauter bunte Achtecke, richtig retro!

Laura schüttelte den Kopf, putzte sich die Zähne und zog die Klamotten an, die sie wie immer schon am Abend zuvor ins Bad gehängt hatte. Mama legte großen Wert darauf, dass man morgens nicht erst alles zusammensuchen musste. Auch der Pulli kam Laura ein bisschen fremd vor, vor allem aber die blauen Leggins. Wann, zum Kuckuck, hatte sie zuletzt diese furchtbaren Leggins getragen? Sie konnte sich nicht erinnern. Was war heute nur los?

»Bist du endlich fertig?«, drängte Samson und steckte seinen Kopf zur Tür herein. Anscheinend konnte er inzwischen auch Türen öffnen, aber darüber wunderte sich Laura gar nicht mehr.

Im Flur stand ein Paar Stiefeletten, das auf Laura zu warten schien. Sie schlüpfte hinein. Die Stiefel passten wie angegossen.

Samson war schon an der Küchentür. »Hol dir schnell dein Lunchpaket und dann Abmarsch!«

»Mann!«, fauchte Laura. »Kommandier mich gefälligst nicht so rum!«

Dass sie nicht frühstückten, war nichts Ungewöhnliches. Frühstück gab es normalerweise nur bei Papa am Wochenende. Unter der Woche war kaum Zeit. Amy machte für Laura und Elias ein Lunchpaket zurecht, das sie im Auto aßen, während sie zur Schule fuhren. Mama dagegen trank im Auto nur einen Becher schwarzen Kaffee und frühstückte in der Firma.

Eilig betrat sie die Küche – und blieb wie angewurzelt stehen. Statt Amy wuselte eine fremde Frau an der Anrichte herum. Sie trug ein schwarzes Kleid mit einer weißen Schürze und hatte ein zierliches Häubchen auf dem Kopf. Laura erinnerte sich, dass sie in alten Filmen solche Dienstmädchen gesehen hatte.

»Bitte ssährr!« Die Fremde reichte Laura die gefüllte

Lunchbox zusammen mit einer Trinkflasche und lächelte freundlich.

Laura nahm die Box und die Flasche automatisch entgegen, ohne den Blick von der Frau abzuwenden. Diese hatte leuchtend grüne Augen, und auf ihrem schwarzen Kleid stand ein gestickter Name: *Amy*. Laura stolperte rückwärts aus der Küche.

Dann erinnerte sie sich daran, dass sie noch ihren Schulrucksack holen musste. Sie sauste in ihr Zimmer, während ihr Gehirn verzweifelt nach einer vernünftigen Erklärung suchte. War das vielleicht Mamas Werk? Als Strafe für den Streit gestern? Hatte sie die altmodische Kette im Klo angebracht und die Handtücher ausgetauscht? Hatte sie eine Schauspielerin für die Küche engagiert und Samson durch ein sprechendes Roboter-Tier ersetzt?

Ein ganz schöner Aufwand für einen Streit … Mama bestrafte Laura normalerweise mit Hausarrest oder Internetverbot.

Laura verwarf ihre Theorie, während sie das Lunchpaket und die Flasche in ihrem Rucksack verstaute. Aber was war dann passiert? Und wo war Mama? Wartete sie schon unten vor dem Haus im Auto, zusammen mit Elias?

Samson hockte vor der Wohnungstür und maunzte ungeduldig.

»Na endlich«, brummte er, als Laura kam. Sie verließen

die Wohnung. Der Kater lief sofort voraus zum Aufzug, die Taschenuhr an seinem Hals baumelte dabei hin und her.

Laura hatte immer noch das Gefühl, sich in einem Traum zu befinden. Sie musste an das Buch *Alice im Wunderland* denken, das sie vor einiger Zeit gelesen hatte. Dort war die Heldin einem sprechenden Kaninchen gefolgt, das ebenfalls eine Taschenuhr besaß und es schrecklich eilig hatte. Und daraufhin hatte für Alice ein haarsträubendes Abenteuer begonnen.

»Aber das war ein Buch, nicht die Wirklichkeit«, sagte Laura laut, wie um sich selbst zu überzeugen, dass so etwas nicht sein durfte.

Dann verschlug es ihr die Sprache.

Der Aufzug hatte sich in einen verschnörkelten Lift verwandelt. So einen ähnlichen hatte Laura schon einmal in einem denkmalgeschützten Gebäude gesehen. Klappernd öffneten sich die schmiedeeisernen Türflügel. Samson, der sich normalerweise vor dem Aufzug fürchtete, sprang an diesem Morgen ohne Zögern hinein. Laura schüttelte den Kopf und folgte dem Tier.

Auch das Bedienungsfeld sah anders aus, altmodischer. Laura drückte auf den Knopf mit der Bezeichnung *Erdgeschoss*. Klappernd schlossen sich die Türen, und der Lift bewegte sich ruckelnd und rasselnd nach unten.

Hoffentlich wache ich bald auf, dachte Laura inbrünstig.

Mit einem heftigen Ruck hielt der Lift. Er hatte das Erdgeschoss erreicht. Quietschend gingen die Türen auf, und Laura betrat die große Halle. Samson lief neben ihr her.

Die Ufo-Pflanze stand kräftig und gesund auf ihrer Säule. So viele Blätter hatte sie noch nie gehabt, seit Laura sie kannte. Überhaupt wirkten die Pflanzen in der Halle üppiger als gestern, so als hätten sie einen plötzlichen Wachstumsschub gemacht. Laura durchquerte die Halle und ging zum Ausgang. Dort befand sich auf einmal eine Drehtür. Laura schüttelte wieder den Kopf, nahm Samson auf den Arm, betrat ein Abteil und drehte es, bis sie ins Freie gelangte. Dann setzte sie Samson auf einem Sandweg ab. Der Weg war gestern noch mit Betonsteinen gepflastert gewesen. Links und rechts wuchsen üppige Heckenrosen. Von den rosafarbenen Blüten stieg ein süßer Duft auf, der Lauras Nase kitzelte. Laura liebte diese wilden Rosen. Papa hatte eine große Hecke in seinem Garten. Doch hier, im Akeleiweg acht, wuchs normalerweise nur eine karge Buchsbaumhecke, kaum zwanzig Zentimeter hoch. Heute war alles anders.

»Was ist nur los?« Laura setzte Samson auf dem Boden ab. »Bin ich verrückt geworden oder was? Kannst du mir das alles erklären?«

»Miau«, machte Samson. »Alles zu seiner Zeit. Gedulde dich noch ein wenig, dann wirst du Antworten auf deine Fragen bekommen.« Er strich um ihre Beine.

»Verflixter Kater!«, schimpfte Laura. »Du weißt doch mehr als ich! Warum sagst du mir nichts?«

Sie drehte sich um, um das Hochhaus zu betrachten. Ihr Herz begann zu stolpern. Der architektonische Würfel mit seinen glatten weißen Wänden besaß jetzt ein grobes Mauerwerk, an dem sich Efeu entlangrankte. Die bunten Fenster waren nach wie vor da, allerdings sahen sie jetzt aus wie Kirchenfenster und hatten einen Rundbogen.

Laura stöhnte. Welche Überraschungen warteten noch auf sie?

Das Schloss der Ewigkeit

Laura hielt Ausschau nach dem roten Auto, das sie und ihren Bruder wie jeden Morgen zur Schule und Mama in die Firma bringen sollte. Doch der Platz auf der Straße war leer – was Laura an diesem Tag nicht wirklich wunderte.

Sie schaute in Richtung Tiefgarage. Statt des hypermodernen elektrischen Tors sah sie ein Portal mit zwei großen hölzernen Türflügeln. Das große Tor stand offen, dahinter war es dunkel.

Wenig später vernahm Laura Hufgeklapper, und kurz darauf kam eine Kutsche heraus. Das Gefährt wurde von zwei pechschwarzen Pferden gezogen. Ihr Fell glänzte wie frisch poliert, Mähne und Schweif waren lang und lockig. Wunderschön. Auch die Kutsche war tiefschwarz. Die Pferde hielten genau an der Stelle, an der sonst das rote Auto auf Laura wartete. Ein Kutscher war nicht zu sehen. Dafür schwang jetzt eine Tür der Kutsche einladend auf.

»Worauf wartest du noch?«, fragte Samson. »Komm!«

Er sprang voraus, während Laura ihm mit weichen Knien folgte. Ein Gefühl sagte ihr, dass die Kutsche nur ihretwegen gekommen war. Weil Laura Pferde über alles liebte und weil sie endlich eine Erklärung für das haben wollte, was heute geschah, beschloss sie, sich auf dieses Abenteuer einzulassen – genau wie Alice es getan hatte.

Samson sprang mit einem eleganten Satz in das Innere der Kutsche. Laura atmete den Geruch der Pferde ein und fragte sich im gleichen Moment, ob man in einem Traum überhaupt riechen konnte.

Mit einem tiefen Atemzug setzte Laura ihren Fuß auf das eiserne Trittgitter und kletterte ebenfalls in die Kutsche. Samson hatte es sich schon auf einem der gepolsterten Sitze bequem gemacht. Laura nahm in Fahrtrichtung Platz. Es roch nach Lavendel, anscheinend waren die Sitze mit einem Parfüm eingesprüht. Die Tür schloss sich wie von Geisterhand, und schon zogen die Pferde an. Es ruckelte ganz schön, und Laura suchte nach einem Griff zum Festhalten. Sie fand keinen, deswegen klammerte sie sich an der Sitzlehne fest.

»Wohin fahren wir?«, fragte sie und bemühte sich, das Zittern in ihrer Stimme zu unterdrücken. »Sag mir nicht, dass du keine Ahnung hast. Das glaube ich dir nämlich nicht.«

Samson auf dem gegenüberliegenden Sitz steckte sich, dann legte er sich bequem hin. Seine gelben Augen leuchteten im Dämmerlicht der Kutsche.

»Du wirst alles sehen«, murmelte er. »Und jetzt lass mich bitte ein Nickerchen machen, ich war nämlich die ganze Nacht auf.« Er schloss die Augen und war nicht mehr ansprechbar.

Laura presste die Lippen zusammen. Sie musste mit Mühe die Worte unterdrücken, die ihr auf der Zunge lagen. *Du Mistvieh! All die Zeit habe ich dich gefüttert und mich um dich gekümmert, und jetzt beantwortest du mir nicht mal die einfachsten Fragen!*

Es war vermutlich klüger, Samson nicht zu verärgern. Er schien zu wissen, was ringsum passierte und warum. Vielleicht konnte sie ihm doch noch die eine oder andere Antwort entlocken, wenn er in guter Stimmung war.

Laura lehnte sich in ihrem Polster zurück und versuchte, sich zu entspannen. Das war nicht einfach. Ein sprechender Kater! Und eine schwarze Kutsche, die sie wer weiß wohin brachte!

Die Fensterscheibe in der Tür war nicht sonderlich groß. Anfangs kam Laura die Gegend, durch die sie fuhren, noch einigermaßen bekannt vor, selbst wenn sich das eine oder andere verändert hatte. Manche Häuser fehlten, und die Straßen waren gepflastert, nicht asphaltiert. Es gab viel mehr Bäume, und die neue Brücke, die erst vor Kurzem fertiggestellt worden war, war verschwunden. Stattdessen war die Fähre wieder in Betrieb. Die Kutsche war das einzige Fahrzeug, das an Bord rollte, und Laura sah auch keinen einzigen anderen Passagier.

Sie war sich nicht einmal sicher, ob es jemanden gab, der die Fähre steuerte.

Die Wellen des Flusses glitzerten im hellen Morgenlicht. Laura hatte es früher immer genossen, auf dem Weg zu ihrer Schule mit der Fähre zu fahren. Mama dagegen hatte oft geschimpft, dass sie ein so rückständiges Transportmittel benutzen mussten und warum nicht endlich eine anständige Brücke gebaut würde.

Sie erreichten das andere Ufer, und die Kutsche rumpelte von der Fähre. Samson schlief noch immer. Laura stellte fest, dass sie jetzt von ihrem üblichen Schulweg abwichen. Anstatt nach links bog die Kutsche nach rechts ab. Es ging eine Zeit lang durch eine langweilige Landschaft, die außer Feldern links und rechts der Straße nichts zu bieten hatte.

Laura verspürte Hunger und kramte in ihrem Rucksack nach dem Lunchpaket. Mal sehen, was diese Dienstmädchen-Amy ihr eingepackt hatte. Laura öffnete die Plastikdose. Sie enthielt ein Brötchen, das mit leckerer Schokocreme bestrichen war. Dazu gab es einen Pfirsich und ein hart gekochtes Ei. Laura schloss einen Moment vor Genuss die Augen. Sie erinnerte sich an die Ausflüge, die sie früher zusammen gemacht hatten. Papa hatte jedes Mal darauf bestanden, dass als Proviant hart gekochte Eier mitgenommen wurden. Und bei den Brötchen durfte sich jeder den Belag aussuchen. Der Inhalt der Lunchbox sah so aus, als hätte Papa ihn eingepackt. Roboter-Amy tat ausschließlich gesunde und vitaminreiche Sachen hinein: dünnes Vollkornbrot mit einem Gemüsecremeaufstrich und einem Salatblatt, eine Mohrrübe, einen halben Apfel und zwei oder drei Walnusskerne.

Laura pellte die Schale vom Ei und begann zu essen. Samson öffnete kurz ein Auge und schloss es wieder. Nach und nach aß Laura auch das Brötchen und den Pfirsich. Weiß der Geier, warum sie heute einen solchen Appetit hatte! Oder aß sie deshalb so viel, weil essen das einzige Normale an diesem verrückten Tag war?

»Wie spät ist es?«, fragte sie, nachdem sie eine halbe Ewigkeit gefahren waren. Inzwischen rumpelten sie durch ein Waldstück. Der Weg war uneben, und Laura wurde auf ihrem Sitz hin und her geworfen. Von dem Geschüttel wurde ihr fast übel.

»Sieh selbst nach!« Samson setzte sich auf und sprang zu Laura. Sie griff nach der Taschenuhr, die um seinen Hals hing, und öffnete den Deckel. Das Zifferblatt zeigte drei Minuten vor neun an. Seltsamerweise hatten sich heute auch die Zeiger auf dem kleinen Zifferblatt bewegt, sie zeigten die gleiche Zeit an. Die Datumsanzeige stand genau zwischen 15 und 16, und auf dem Feld, das den Wochentag anzeigte, war »Achttag« zu lesen.

Laura rieb sich die Augen. Achttag – das ergab doch keinen Sinn. Heute war Montag, der 16. Mai. Dieser tolle Ewige Kalender, den sie gefunden hatte, schien eine ganz schöne Macke zu haben!

»Achttag«, murmelte sie vor sich hin.

»Ganz genau«, erwiderte Samson. »Ich sehe, du fängst langsam an zu begreifen.«

Laura schüttelte den Kopf und sah wieder zum Fenster hinaus. Der Wald war dichter geworden. Dunkel und unheimlich standen die Bäume beieinander, und sie schienen alles Licht zu verschlucken. Laura entdeckte riesengroße Farne, größer als sie selbst. Manchmal nahm sie eine Bewegung zwischen den Bäumen wahr, aber es ging zu schnell, um etwas richtig zu erkennen. Nur einmal sah sie kurz die Umrisse eines Bären und bekam eine Gänsehaut. Wohin brachte die Kutsche sie?

Als hätte jemand ihre Gedanken gelesen, stand die Kutsche auf einmal still.

Die Pferde brauchen vielleicht eine Pause, überlegte Laura. Ein bisschen Hafer zum Knabbern und einen Schluck Wasser, bevor es weitergeht.

Samson, der wieder geschlafen hatte, reckte und streckte sich und sprang von seinem Sitz. Die Tür schwang mit leisem Quietschen auf.

»Komm schon, Laura«, rief der Kater. »Wir sind da!« Er hüpfte hinaus.

Laura stand vorsichtig von ihrem Sitz auf und hielt ihren Kopf ins Freie. Auf der einen Seite des Wegs war immer noch dichter Wald, aber auf der anderen wuchs eine Hecke, die gepflegt aussah. In einiger Entfernung entdeckte Laura sogar ein Tor.

»Hm, ein Park?«, murmelte sie. »Was soll ich da?« Konnte es auch ein Friedhof sein? Wieder spürte sie einen Schauder.

»Los, komm!« Samsons Stimme klang ungeduldig. »Sie warten schon auf dich.«

»Auf mich?«, widerholte Laura. Ärgerlich fügte sie hinzu: »Kannst du mir endlich mal sagen, was eigentlich los ist?«

Sie sah, dass jetzt zwei Männer aus dem Tor traten. Mit ihren blau-gelb gestreiften Uniformen ähnelten sie der Schweizer Garde, die den Vatikan bewachte. Die beiden blickten erwartungsvoll in Lauras Richtung.

Laura schluckte, griff nach ihrem Rucksack und stieg aus. Sie tätschelte einem der Pferde den Hals, dann stolperte sie in Richtung des Tors. Samson war schon vorausgelaufen.

»Hallo«, sagte Laura zaghaft zu den beiden Männern und verbesserte sich sogleich: »Guten Tag!«

»Das Passwort!«, sagten die Männer wie aus einem Mund. Sie waren vermutlich Zwillinge, denn sie sahen sich zum Verwechseln ähnlich.

»Äh, was für ein Passwort?« Laura war verwirrt.

»Los, sag es schon!«, forderte Samson sie auf.

Er denkt, ich wüsste es, schoss es Laura durch den Kopf. Rasch durchforstete sie ihr Gedächtnis. Meinten sie ihr Computerpasswort?

»Laura13«, sagte sie leise.

Die Wächter schüttelten stumm den Kopf und schauten ein bisschen ernster.

Laura grübelte. Was meinten sie nur?

»Elias9«, versuchte sie es noch einmal.

Wieder reagierten die Wächter mit einem Kopfschütteln. Sie schauten noch ernster, fast böse.

»Du hast nur noch einen Versuch«, zischte Samson. »Jetzt streng dich gefälligst an und blamier uns nicht!«

Laura kniff die Augen zusammen, um sich besser zu konzentrieren. Sie hatte keine Ahnung, was die Typen vor ihr erwarteten. Das Ganze war völlig verrückt, und allmählich hatte Laura das Gefühl, dass ihr Abenteuer mit der goldenen Uhr zusammenhing, die sie gestern gefunden hatte. Sie musste wieder an den Samtbeutel und an den Zettel mit dem seltsamen Gedicht denken. Dann erinnerte sie sich an den Spruch, der im Innern des Uhrendeckels eingraviert war. Sie öffnete die Augen.

»Carpe diem!«

Die Wächter grinsten und nickten. Die blauen Federbüschel auf ihren Helmen wippten. Dann traten die Männer zur Seite, um für Laura den Weg frei zu machen.

Sie passierte das Tor. Samson lief hinter ihr her. Vor ihr lag ein großer Park mit einem See. In der Mitte des Sees befand sich eine kleine Insel, und darauf stand ein großes Gebäude. Laura sah mehrere achteckige Türme, die sie sofort an den Turm in Papas Villa erinnerten. Instinktiv wusste sie, dass sie angekommen war. Dieses Gebäude war ihr Ziel – und vielleicht würde sie dort erfahren, was all die Merkwürdigkeiten bedeuteten.

Sie ging auf den See zu. Süße Gerüche kitzelten ihre Nase. Ringsum wuchsen Blumen, die sie noch nie gesehen hatte. Unzählige bunte Schmetterlinge flogen durch die Luft. Der See dagegen lag dunkel und unergründlich da. Kein Windhauch kräuselte das Wasser.

»Wir sind da«, verkündete Samson.

»Kannst du mir vielleicht auch verraten, wie wir über den See kommen?«, fragte Laura. Sie stand jetzt am Ufer, und das Wasser sah wirklich unheimlich aus. Wie schwarze Tinte. Man konnte gar nichts unter der Wasseroberfläche erkennen, keine Pflanze, keinen Fisch. Laura, die eine große Wasserratte und eine gute Schwimmerin war, schüttelte sich. In diesem See würde sie niemals baden, nicht einmal im Hochsommer.

»Versuchen wir es von der anderen Seite«, schlug Samson vor.

Sie spazierten den Uferweg entlang. Der Kies knirschte unter Lauras Sohlen. Ein grün-gelber Schmetterling begleitete sie. Samson schlug danach, erwischte ihn aber nicht.

Auf der anderen Seite des Sees entdeckten sie eine Brücke, aber bis sie dort ankamen, hatte sich die Brücke geteilt, und die beiden Hälften zogen sich an das jeweilige Ufer zurück.

»Na super! Wir sind zu spät gekommen.« Laura setzte

sich ins Gras. »Wer weiß, wann die Brücke das nächste Mal ausfährt. So ein Pech!«

Unterwegs hatte sie die Türme auf der Insel gezählt. Es waren acht Stück. Das Gebäude sah geheimnisvoll aus, und Laura brannte darauf, es zu besichtigen.

Während sie im Gras saß, näherte sich auf dem Wasser ein Schwan. Er war viel größer als die Schwäne, die Laura bisher zu Gesicht bekommen hatte. Der Vogel schwamm direkt auf sie zu. Sein Gefieder war makellos weiß – ein wunderschönes Tier.

»Ich glaube, da will dich jemand abholen!«, sagte Samson.

»Wie meinst du das?«

»Du sollst auf seinen Rücken klettern.«

Laura schluckte. Sie sollte quasi auf einem wildfremden Schwan reiten? Auf diesem Riesenbiest? Und wenn er sie mitten im See abwarf und sie in dem dunklen Wasser versank?

»Nie im Leben!«, sagte sie.

»Na gut, dann müssen wir eben warten«, murmelte Samson. »Kann sein, dass man die Brücke nur ein- oder zweimal am Tag benutzen kann. Ich hoffe, du hast was zu lesen dabei.«

Laura öffnete ihren Rucksack und holte ihren Laptop heraus. Sie schaltete ihn ein und wollte ihre elektronische Bibliothek aufrufen, die sie in einer Cloud gespeichert hatte. Aber der Bildschirm blieb schwarz. Laura erschrak. War das Gerät schon kaputt? Sie hatte es doch erst seit ein paar Monaten. Oder war der Akku leer?

Der Schwan paddelte immer noch dicht am Ufer hin und her. Seine schwarzen Augen schauten sie auffordernd an.

Er wirkt eigentlich ganz friedlich, dachte Laura. Und warum soll ich nicht auf seinen Rücken steigen? Ich klettere ja auch auf Pferde …

Laura klappte den nutzlosen Laptop zu und steckte ihn in ihren Rucksack zurück. Dann erinnerte sie sich an ihr Handy, das in einem Seitenfach steckte. Sie holte es heraus. Das Display blieb genauso dunkel wie der Bildschirm des Laptops. Sie spielte noch ein wenig daran herum und entdeckte, dass sich nur die Taschenlampenfunktion einschalten ließ.

»Aha«, sagte Laura und steckte das Handy zurück. »Also liegt es an dieser verflixten Gegend. Mein Handy funktioniert nicht, ebenso wenig mein Laptop. Super!« Sie stand auf. »Na gut. Wenn hier alles anders ist, dann ist es vielleicht auch normal, dass man auf einem Schwan reitet. Komm, Samson.«

Sie wagte sich bis zum Wasser vor. Der Schwan hielt ganz still. Trotzdem hatte Laura ein mulmiges Gefühl. Halt suchend griff sie nach seinem langen Hals und hoffte dabei, dass sie dem Vogel nicht die Kehle zudrückte. Dann rutschte sie vorsichtig auf seinen Rücken. Der Schwan benahm sich vorbildlich. Er wartete, bis Samson auf Lauras Schoß gesprungen war, erst dann schwamm er los in Richtung Insel.

Laura war furchtbar aufgeregt. Wahnsinn, sie saß tatsächlich auf dem Rücken eines Schwans! Seine Federn waren so weich wie ein Kissen. Es war richtig bequem. Kraftvoll paddelte der große Vogel über den See.

Plötzlich stellte sich Samson auf, machte einen Buckel und fauchte zornig. Sein Fell war so gesträubt, wie Laura es bei ihm noch nie gesehen hatte.

Im gleichen Moment nahm sie aus den Augenwinkeln wahr, dass irgendwas aus dem Wasser kam. Es sah aus wie eine schwarze Hand mit vielen langen Fingern. Das Ding wollte nach ihrem Bein greifen. Der Schwan drehte sich blitzschnell um. Zischend ging er auf die Hand los. Laura sah die spitzen Zähne in seinem Schnabel.

Ihr wurde kalt vor Schreck. Sie klammerte sich an seinen Hals, um das Gleichgewicht zu wahren. Samson war von ihrem Schoß gerutscht und krallte sich in Lauras Leggins.

Die gespenstische Hand verschwand in den Tiefen des dunklen Sees. Das Wasser beruhigte sich, und der Schwan setzte seine Fahrt über den See fort.

Samson kletterte wieder auf Lauras Schoß. »Mannomann, das hätte auch schiefgehen können!«

»Was war das?«, fragte Laura mit tonloser Stimme. Tummelten sich irgendwelche Ungeheuer in diesem See? Böse Nixen oder Meermänner, die es auf Menschen abgesehen hatten?

»Glaub mir, das willst du nicht wissen!«, antwortete Samson.

Normalerweise hätte Laura nachgehakt, aber sie zitterte immer noch am ganzen Körper. Sie klammerte sich angespannt an den Schwanenhals, aber der Rest der Überfahrt verlief ohne Zwischenfall. Am Ufer kletterte Laura etwas steifbeinig von dem Schwan herunter. Dieser blickte sie erwartungsvoll an. Wollte er vielleicht ein Leckerli für seinen Dienst haben? Laura dachte mit etwas Unbehagen an seine spitzen Zähne. Außerdem war die Lunchbox leer, sie hatte alles bis auf den letzten Krümel aufgegessen.

Deswegen sagte sie nur: »Danke, lieber Schwan! Das war sehr nett von dir. Besonders, weil du mich vor diesem … Ding beschützt hast.«

Der Schwan schien damit zufrieden zu sein, drehte sich um und entfernte sich.

Laura wandte sich ihrerseits um und betrachtete die hohen Mauern, die vor ihr aufragten. Der Anblick erfüllte sie mit Bewunderung und Angst zugleich. Was würde sie darin erwarten?

»Komm, wir suchen den Eingang!«, sagte sie zu Samson und stiefelte los. Sie mussten ein Stück um das Bauwerk herumgehen, dabei kamen sie an drei dieser mächtigen Türme vorbei. Laura spürte, wie ihr Herz vor Erwartung und Aufregung schneller schlug.

Dann sah sie das Eingangsportal, ein wuchtiges hölzernes Tor. Darüber befand sich ein steinerner Rundbogen, auf dem geschrieben stand: *Castellum Aeternum.*

Das war Latein, so viel wusste Laura. Sie ging in die achte Klasse und hatte das zweite Jahr Lateinunterricht. *Castellum* bedeutete Schloss oder Burg, aber *aeternum* konnte sie nicht übersetzen. Schade.

Laura stieg die Treppe hinauf und probierte, ob das Tor verschlossen war. Zu ihrer Verwunderung ließ es sich öffnen. Sie zog den schweren Torflügel auf. Ein dunkler Gang, in dem links und rechts eine Tür war, führte sie und Samson in einen Innenhof. Und dann standen sie da und staunten.

Der Innenhof war achteckig und mit Sandsteinplatten belegt. Die Mauern ringsum waren so hoch wie die Türme, und in jeder gab es einen Eingang und auch Fenster. Laura legte den Kopf in den Nacken und betrachtete den blauen Himmel. Zwei Raben hatten sich auf einer der Mauern niedergelassen und schienen die Besucher neugierig zu beobachten.

»Das ist … total abgefahren!« Laura war beeindruckt.

»Es freut mich, dass es dir gefällt«, sagte eine Stimme hinter ihr.

Laura drehte sich um. »Mama!«, entfuhr es ihr. Dann schlug sie sich auf den Mund. »Entschuldigung!«

Die Frau, die vor ihr stand, sah ihrer Mutter sehr ähnlich, war jedoch viel jünger. Sie hatte lange schwarze Locken, die sich wie eine Wolke auf ihren Schultern ausbreiteten. Auch der Kleidungsstil war ganz anders als der von Lauras Mutter. Valerie Lilienstedt würde sich nie so anziehen. Die Fremde trug einen Rock, der aus verschiedenen Stoffen zusammengenäht war. Er bestand aus mehreren Lagen und war mit Spitzen und Rüschen verziert. Über ihrer schlichten schwarzen Bluse hatte sie eine beige Wildlederweste mit Fransen an. Dazu passten die Cowboystiefel, ebenfalls aus Wildleder und mit Fransen.

»Ich bin Magistra Elisa.« Sie streckte ihre Hand aus. »Herzlich willkommen im Schloss der Ewigkeit, Laura Lilienstedt.«

Laura ergriff die Hand. »Wo-woher kennen Sie meinen Namen?«

»Du wurdest mir angekündigt.« Die Magistra drehte sich um und zog einen riesigen Rollkoffer hinter ihrem Rücken hervor. »Darin ist alles, was du hier brauchst. Ich hoffe, dass du dich bei uns wohlfühlst, Laura.«

Sie drückte Laura den Griff in die Hand, dann bückte sie sich und streichelte Samson.

»Schön, dass du auch mitgekommen bist, Samson! Hier gibt es viele Ratten und Mäuse für dich.«

»Er frisst nur Dosenfutter in Premiumqualität«, erklärte Laura und fragte sich, was, um Himmels willen, in dem Koffer war.

Elisa kam wieder hoch und lächelte. »Abwarten. Und nun zeige ich dir dein Zimmer. Komm mit.« Sie wandte sich um und strebte auf einen der Eingänge zu.

»Ich soll hier wohnen?«, rief Laura, während sie sich bemühte, der Magistra zu folgen und dabei das Ungetüm von Koffer hinter sich herzuziehen. »Und was ist mit meinem Zuhause? Meiner Familie? Meiner Schule?«

Elisa drehte sich um. »Keine Angst, du verlierst nichts, sondern gewinnst dazu!«

Was sollte das nun wieder heißen? Aber Laura hatte keine Zeit, darüber nachzugrübeln.

Elisa betrat einen der Eingänge. Sie durchquerten einen Gang, der wiederum links und rechts eine Tür hatte. Doch die Magistra ging geradeaus auf ein Treppenhaus zu. Dort befand sich eine geschwungene Treppe aus Marmor.

»Wir befinden uns im Haus eins, auch Mercurius genannt«, erklärte Elisa. »Wie du vielleicht gesehen hast, verfügt das Gebäude über acht Türme. Jeder trägt den lateinischen Namen eines Planeten: Mercurius, Venus, Terra, Mars, Jupiter, Saturnus, Uranus und Neptunus. Du bist im Haus eins untergebracht.«

Laura bemühte sich zuzuhören, während sie mit dem Koffer kämpfte. Das verdammte Ding ließ sich nicht über die Stufen hochziehen. Laura ächzte und stöhnte. Die Magistra war schon im ersten Stock angelangt, als sie merkte, dass Laura nicht nachkam.

»Was ist los? Wo bleibst du?«

»Der Koffer … Er ist so schwer … Ich kann nicht …« Laura war den Tränen nahe. Es war alles zu viel für sie.

Was bedeutete »untergebracht«? Hieß das, dass sie hierbleiben sollte?

»Stimmt, du kannst den Koffer ja noch nicht schweben lassen – falls du das überhaupt kannst«, murmelte die Magistra und kam wieder einige Stufen herunter. Samson wich keinen Schritt von ihrer Seite.

»Wie … schweben?« Laura glaubte, sich verhört zu haben.

Elisa machte eine kleine Handbewegung, und der Koffer erhob sich einige Zentimeter in die Luft. Jetzt konnte Laura ihn mühelos bewegen.

»Äh … danke.« Sie fragte sich, wie die Magistra es geschafft hatte, das Gesetz der Schwerkraft aufzuheben. Mehr denn je hatte sie das Gefühl, in einem aufregenden Traum zu stecken.

Es ging bis in den zweiten Stock hinauf. Laura fiel erst jetzt auf, dass ein bunter Schmetterling sie begleitete. Samson schielte ständig zu ihm empor, unterließ aber zum Glück jeglichen Jagdversuch. Die Magistra wandte sich nach links, klopfte kurz an die erste Tür und öffnete sie.

»Ich bringe euch eure neue Mitbewohnerin. Ich bin sicher, ihr werdet euch gut verstehen. Shirin wird dir alles zeigen.«

Laura erblickte ein achteckiges Zimmer. Es war etwas größer als ihr Turmzimmer, und zwei Stockbetten standen darin. Drei Mädchen saßen auf dem Boden und blickten

Laura an. Sie schienen nicht gerade begeistert zu sein, dass sie eine neue Zimmergenossin bekamen.

»Hallo, ich bin Laura«, stellte sich Laura vor. Ihre Stimme klang rau. »Laura Lilienstedt.«

»Hallo«, kam ein schwaches Echo.

Die Tür fiel zu. Laura wandte den Kopf. Die Magistra war gegangen und hatte sie ihrem Schicksal überlassen. Samson, der Treulose, hatte sich ebenfalls fortgeschlichen, wahrscheinlich in der Hoffnung, ein paar leckere Häppchen abzustauben. Der bunte Falter war mitgekommen und klebte jetzt an der Fensterscheibe. Eines der Mädchen stand auf, öffnete das Fenster und ließ ihn ins Freie. Dann setzte sie sich wieder zu den beiden anderen.

Laura fühlte sich extrem unbehaglich und hielt sich an dem Koffergriff fest. Der Koffer schwebte inzwischen nicht mehr, sondern war zu einem ganz normalen Gegenstand geworden. Drei fremde Augenpaare betrachteten sie. Sie waren grün, blau und braun. Genauso unterschiedlich sahen Lauras neue Zimmergenossinnen aus. Das Mädchen, das ihr am besten gefiel, weil es nicht ganz so feindlich guckte, hatte ein breites Gesicht mit hohen Wangenknochen und schwarze, glänzende Haare, die zu zwei dicken Zöpfen geflochten waren und ihr bis zum Bauchnabel reichten. Sie war ein bisschen mollig und trug bequeme Kleidung in Wald- und Wiesentönen. Bestimmt mochte sie die Natur, denn sie war es auch gewesen, die den Falter ins Freie gelassen hatte.

Das Mädchen rechts von ihr machte schmale Augen und musterte Laura mit abweisender Miene. Das hellblonde Haar fiel in weichen Wellen über ihre Schultern. Sie trug einen Pullover aus glitzernder Wolle mit einem ausgefallenen Muster, dazu Hosen aus weißem Leder. Sie war sehr schlank und dezent geschminkt, aber Laura wusste durch ihre Mutter, dass so ein »natürlicher Look« sehr viel Zeit kostete.

Die dritte hatte ihre dunkelblonden Haare zu einem asymmetrischen Bob geschnitten. Ihre Augen waren mit Kajal umrundet und wirkten dadurch sehr dunkel. Der Lippenstift war dunkellila. Sie trug Kleidung im ähnlichen Stil wie die Magistra: Ihr Rock hatte mehrere Volants und war aus unterschiedlichen Stoffen genäht. Das Oberteil war etwas schlichter gehalten.

»Wer von euch … ist Shirin?«, fragte Laura. Sie hatte einen Kloß im Hals. Das konnte ja nett werden – mit diesen Mitbewohnerinnen!

»Ich.« Das Mädchen mit den Zöpfen stand auf. »Ich heiße Shirin Fouqué.« Sie lächelte. »Ich weiß noch genau, wie man sich fühlt, wenn man neu ist im Schloss der Ewigkeit. Aber du wirst dich bald eingewöhnen.«

Laura lächelte erleichtert zurück.

»Das ist dein Schrank.« Shirin ging zur Wand und öffnete eine Tür, die in die Wand eingelassen war. Jetzt erst sah Laura, dass es daneben noch drei andere Schranktüren gab. Sie waren in der gleichen Farbe gestrichen wie das Zimmer – hellblau – und fielen daher kaum auf.

»Das obere Bett am Fenster ist noch frei«, fuhr Shirin fort. »Man kann von dort aus prima die Sterne sehen. Allerdings …«, sie zögerte, »wird man auch von allem gesehen, was nachts am Fenster vorbeifliegt.«

Laura, die sich eben noch über den guten Platz gefreut hatte, spürte, wie sich ihr Bauch zusammenzog. Was flog da nachts um den Turm? Oder machte Shirin nur einen Witz?

»Eulen?«, fragte Laura zaghaft.

»Zum Beispiel. Und andere … Wesen«, antwortete Shirin. »Keine Sorge, sie fliegen nur vorbei. Aber es könnte unangenehm werden, wenn du merkst, dass dich jemand durch die Scheiben anglotzt.«

Laura schluckte.

»Magst du lieber unten schlafen?«, wollte Shirin wissen. »Dann müssten wir tauschen.«

»Nein, nein, schon in Ordnung«, haspelte Laura, die auf keinen Fall als Feigling dastehen wollte.

»Okay. Dann würde ich an deiner Stelle schon mal mit dem Einräumen anfangen, denn in einer halben Stunde beginnt wieder der Unterricht.« Shirin ging zu dem Stockbett am Fenster, setzte sich auf die untere Liege und griff nach einem Buch.

Damit ist wohl die Einweisung beendet, dachte Laura. Sie hatte noch tausend Fragen, aber die Antworten darauf mussten eben warten. Vielleicht würde sich auch manches von selbst erledigen, wenn sie den Koffer auspackte.

Sie legte das riesige Teil der Länge nach auf den Boden und versuchte, das Schloss zu öffnen. Die beiden Mädchen, deren Namen Laura noch nicht kannte, beobachteten sie schweigend. Beim achten Versuch gab das Schloss nach, und Laura konnte den Deckel aufklappen.

Als Erstes sprang ihr ein Paar Plüschpantoffeln in die Augen. Nicht genug, dass die Schuhe schrill rosafarben waren, sie glitzerten auch noch! Laura stöhnte, während sie die Pantoffeln aus dem Koffer holte. Ihre Freundin Olivia würde sie cool finden, aber Laura mochte die Farbe Rosa nicht sonderlich. Nicht mehr. Vor ein paar Jahren hätte sie die Schuhe noch super gefunden.

»Muss ich die wirklich anziehen?«

»Es sind Schulpantoffeln, und jede von uns muss sie während des Unterrichts tragen«, sagte die Blonde. »Ich heiße übrigens Anouk. Anouk Grünberg.«

»Hallo, Anouk.« Jetzt erst fiel Laura auf, dass unter den Betten drei Paar ähnliche Pantoffeln standen: in Neongrün, Lila und Grellorange. Alle glitzerten.

»Aha«, sagte sie. »Ist halt nicht ganz so mein Geschmack.«

Anouk zuckte mit den Achseln.

Laura packte weiter aus, fand Hosen und Oberteile, an denen es nichts auszusetzen gab. Weiter unten im Koffer waren Unterwäsche und Schlafanzüge. In einem pinkfarbenen Kulturbeutel befand sich das Waschzeug.

In einem Seitenfach steckten Bücher und Hefte. Die Hefte sahen normal aus, sie hatten linierte oder karierte Seiten, eines hatte ganz weiße Blätter. Die Bücher dagegen … Laura rieb sich die Augen, aber obwohl Titelblatt und Inhalt gewöhnliche Buchstaben enthielten, konnte sie kein Wort lesen. Die Buchstaben verschwammen und schienen ständig von einer Stelle zur anderen zu wandern. Es war wie verhext!

Das dritte Mädchen kicherte. »Versuch es gar nicht erst. In den Büchern kann man erst lesen, wenn man so weit ist. Ich bin Merle Precht.«

»Hallo, Merle.« Laura lächelte dem Mädchen zu. »Und wann ist man so weit?«

»Das ist bei jedem unterschiedlich.« Merle stand auf, durchquerte das Zimmer und verschwand hinter einer Tür, die ebenfalls kaum auffiel.

»Hab ich was Falsches gesagt?«, fragte Laura verunsichert.

»Ach was, sie geht nur aufs Klo.« Shirin sah von ihrem Buch auf. Es war ein normales Buch, Laura konnte den Titel lesen: *Der Zauberer von Oz.* »Du kannst dein Waschzeug nachher auch ins Bad stellen.«

Laura nickte. Sie war zufrieden, dass das Zimmer ein eigenes Bad hatte. Sie hatte schon befürchtet, dass sich ein Gemeinschaftswaschraum auf dem Gang befand.

Kaum war Merle wieder da, nahm Laura ihre Kosmetiktasche, um sie ins Bad zu bringen. An der Tür erstarrte sie, völlig überwältigt.

Das war das ungewöhnlichste Badezimmer, das sie je gesehen hatte! Die Wände und der Boden waren mit einem Dschungelmuster bemalt. Zur Linken befand sich die Dusche. Der grüne Vorhang war halb zur Seite gezogen. Hoch oben an der Wand war ein grauer Elefantenkopf angebracht, und aus seinem langen Rüssel tröpfelte noch immer ein bisschen Wasser. Am linken Ohr war ein blauer, am rechten ein roter Punkt.

»Das Wasser kommt automatisch, sobald du die Dusche betrittst«, sagte Shirin hinter Laura. »An den Ohren kannst du die Temperatur einstellen.«

Die Toilette zur Rechten war genauso seltsam. Der graue, runde Hocker hatte vier Elefantenfüße und einen aufklappbaren Deckel. Am Boden daneben befand sich eine täuschend echt aussehende Brillenschlange, die den Kopf erhoben hatte. Darauf steckte die Klopapierrolle. Zum Spülen musste man an einer künstlichen Liane ziehen.

In der Mitte des Raumes waren das Waschbecken und der Spiegel. Das Becken sah aus wie ein gemauerter Brunnen, am Rand saßen zwei goldene Frösche, die – nach Berührung – warmes oder kaltes Wasser ins Becken spuckten. Über dem Becken war ein Spiegel angebracht, der Rahmen war reichhaltig vergoldet. Links und rechts daneben waren Regalbretter, auf denen die Mädchen ihre Sachen ablegen konnten.

»Erschrick nicht, wenn du in den Spiegel schaust«, wurde Laura von Shirin gewarnt.

»Warum?«, fragte Laura, aber kurz darauf erhielt sie die Antwort von alleine.

Im Spiegel schaute ihr kein dreizehnjähriges Mädchen entgegen, sondern eine etwa vierzigjährige Frau. Sie besaß dieselben roten Locken wie Laura und auch ihre grünen Augen. Sie starrte Laura erstaunt an.

Als Laura sich bewegte, bewegte sich ihr Spiegelbild genauso. Als sie die Hand hob, erhob die Frau ihre Hand ebenfalls.

»Man kann den Spiegel benutzen, aber er zeigt fast nie dein richtiges Alter an«, erklärte Shirin hinter Laura. »Das ist besonders schwierig, wenn du dich schminken willst. Kann sein, dass dein Spiegelbild dann gerade mal acht Jahre alt ist. Oder achtundachtzig, das ist mir auch schon passiert.«

»Das ist ziemlich gewöhnungsbedürftig«, murmelte Laura.

»Oh ja, da hast du recht. Mich hat das anfangs auch sehr irritiert.« Shirin kehrte ins Zimmer zurück, um Laura allein zu lassen. Diese schloss die Tür und setzte sich dann vorsichtig aufs Klo, in Erwartung neuer Überraschungen. Aber alles war völlig normal.

Unterricht bei Magister Darius

Als Laura das Badezimmer verließ, ertönte eine kurze Harfenmelodie. Laura konnte nicht sehen, woher die Töne kamen, vermutlich aus einem Lautsprecher. Die anderen Mädchen waren schon dabei, in ihre Schuhe zu schlüpfen.

»Beeil dich, Laura«, drängte Shirin. »Wir haben jetzt Unterricht bei Magister Darius.«

»Wartet auf mich!«, rief Laura den Mädchen nach, die bereits das Zimmer verließen. »Ich weiß doch gar nicht, wohin ich muss!«

Eilig zog sie ihre Stiefel aus und streifte die scheußlichen Plüschpantoffeln über. Zum Glück hatten sie die richtige Größe: 38.

Laura rannte los. An der Tür merkte sie, dass mit den Schuhen etwas nicht stimmte. Es war, als zöge eine unsichtbare Kraft an ihren Füßen. Um ein Haar wäre Laura gestolpert, aber sie konnte sich noch rechtzeitig am Türrahmen festhalten. Verflixt, was war das?

Aber als sie stand, spürte sie, dass die Schuhe einfach mit ihr losliefen. Den Gang entlang, um eine Ecke, die Treppe empor bis in den dritten Stock und dann wieder einen Gang entlang. Das Tempo war höher als Lauras normale Schrittgeschwindigkeit, deswegen war sie etwas außer Atem, als die Schuhe vor einem Raum stoppten.

Jetzt verhielten sich die Schuhe ganz normal. Laura konnte aus eigener Kraft die Schwelle überschreiten und befand sich in einem Klassenraum, in dem schon sieben andere Schülerinnen saßen. Ein Pult war noch frei. Laura ging darauf zu und setzte sich auf den altmodischen hölzernen Drehstuhl.

Wenig später betrat ein dicker Mann den Raum. Er war höchstens 1,60 Meter groß, hatte dafür aber einen beachtlichen Bauch. Er trug eine beige Hose und ein langes schwarzes Jackett, das beinahe aussah wie ein Smoking. Sein Hemd war ebenfalls schwarz. Seine wenigen dunklen Haare waren nach hinten gekämmt. Seine Brille besaß die Form einer liegenden Acht und war aus Gold mit leicht getönten Gläsern. Laura musste an das Unendlichkeitszeichen in der Uhr denken.

Die ungewöhnliche Brille lenkte von seinem dicken Gesicht ab, ebenso wie der kräftige schwarze Schnauzbart, der seine Oberlippe fast völlig verdeckte. Sein Alter war schwer zu schätzen, er konnte dreißig oder auch fünfzig Jahre alt sein.

»Einen schönen guten Morgen«, sagte er mit dröhnender Stimme. »Wie ich sehe, haben wir einen Neuzugang. Herzlich willkommen, Laura Lilienstedt. Ich bin Magister Darius.«

»Hallo«, erwiderte Laura schüchtern. »Ich habe mein Buch und mein Heft vergessen, ist das schlimm?«

»Es ist schlimm, wenn du Fragen stellst«, war die Antwort des Lehrers. Damit wandte er sich schon zu der schwarzen Tafel hinter ihm um und begann, mit Kreide ein paar Striche zu zeichnen. Dann ließ er die Hand los, und die Kreide zeichnete allein weiter. Laura erkannte den Grundriss des Schlosses, den See und die Parklandschaft. Sie hob den Finger, bemüht, einen guten Eindruck zu machen. »Ist das das Gebäude, in dem wir uns befinden?«

»Ich … habe dir doch gesagt, ddass Fr-fragen nicht erwünscht ssind«, erwiderte der Lehrer. Die Kreide schien die Unterbrechung nicht zu mögen und fiel auf den Boden. Er bückte sich ächzend, um sie aufzuheben.

Laura runzelte die Stirn. »Warum?«

Die anderen Mädchen begannen zu kichern.

Magister Darius hatte ein hochrotes Gesicht, als er sich wieder aufrichtete.

»Nneugier issst … äh … äh … schlecht«, stammelte er. »Dddas brringt mmmich a-a-a-aus ddd-de-m Ko-konzzzzept.«

»Entschuldigung, das wusste ich nicht«, erwiderte Laura. Was war das für ein Unterricht, in dem man nichts fragen durfte? »Ist das nur bei Ihnen so oder auch in den anderen Fächern?«

Der Magister musste sich setzen. Er zog ein Taschentuch aus seinem Jackett und wischte sich den Schweiß von der Stirn. Im Klassenzimmer gluckste und giggelte es vor unterdrücktem Lachen.

Laura biss sich auf die Lippe. Sie nahm sich vor, kein Wort mehr zu sagen, auch wenn ihr noch so viele Fragen auf der Zunge lagen. Warum war sie hier? Wie lange musste sie bleiben? Würde sie ihr Zuhause jemals wiedersehen – Papa, Elias, Mama? Plötzlich brannten Tränen in ihren Augen.

Es dauerte einige Minuten, bis sich der Lehrer erholt hatte und mit seinem Unterricht fortfahren konnte.

»Nachdem wir in der letzten Stunde erfahren haben, dass die Zahl Acht bei der Bauweise unserer Schule eine große Rolle spielt, wollen wir uns heute dem See zuwenden« sagte er. »Der See reicht um das ganze Schloss. Um in den Park zu gelangen, muss man die Brücke benutzen, die sich nur zweimal am Tag über den See spannt. Eine andere Möglichkeit ist es, einen der Schwäne um eine Überfahrt zu bitten. Diese Tiere sind aber launisch und haben nicht immer Lust, einen Passagier übers Wasser zu tragen. Auf keinen Fall darf man versuchen, ans andere Ufer zu schwimmen. Ihr riskiert sonst euer Leben.«

Warum?, wollte Laura fragen, aber im letzten Moment konnte sie das Wort unterdrücken.

Anouk meldete sich. »Es tummeln sich gefährliche Wesen im Wasser. Sie warten nur darauf, dass jemand in den See fällt, um sich dann auf ihn zu stürzen.«

Magister Darius nickte. »Richtig, Anouk. Man kann nicht genug vor diesen Wasserungeheuern warnen. Im letzten Schuljahr haben wir leider zwei Schülerinnen verloren, die so unvorsichtig waren, im See schwimmen zu gehen.«

Im Klassenzimmer herrschte betroffenes Schweigen. Plötzlich landete ein Papierkügelchen auf Lauras Tisch. Schnell schloss Laura ihre Hand darum. Sie wartete, bis sich Magister Darius wieder zur Tafel drehte, dann zog sie das Kügelchen auseinander, strich es glatt und las: *Glaub ihm kein Wort. Das erzählt er nur, um uns Angst zu machen. Der See ist völlig ungefährlich.*

Laura spähte zur Seite. Von wem stammte die Botschaft? Von Shirin nicht, da war sich Laura sicher. Möglicherweise hatte Merle den Zettel geworfen.

Laura wusste nicht, was sie denken sollte. Was stimmte? Sie erinnerte sich an die gruselige dunkle Hand, die aus dem Wasser gekommen war, und wie vehement der Schwan den Angreifer abgewehrt hatte. Wollte da jemand Laura in eine Falle locken, indem er sie in Sicherheit wiegte?

Laura schluckte. Sie hatte ohnehin nicht vor, im See zu

schwimmen, dafür war das Wasser viel zu unheimlich. Sie steckte den Zettel in die kleine Tasche ihrer Leggins.

Die Kreide war nun dabei, den Park an der Tafel mit mehr Details auszustatten. Aber die Zeichnungen waren schlampig, und sosehr sich Laura auch bemühte, sie konnte aus den Kritzeleien nicht schlau werden.

Ihr Finger schnellte nach oben.

»Ja, Laura?« Der Lehrer lächelte sie an. »Du willst uns sicher mitteilen, warum man sich nach Einbruch der Dunkelheit nicht draußen herumtreiben soll.«

Laura ging auf seine Worte nicht ein, sondern fragte: »Was bedeuten die vielen kleinen Kringel im Park? Sind das Bäume?«

Magister Darius griff sich an die Stirn und verzog das Gesicht, so als habe er plötzlich schlimme Kopfschmerzen.

»Ne-in, nnne-in, nnnne-in, ddas ist zzzzuviel«, jammerte er. »ZweiFragenowehoweh ... Du mu-musst jetzt lei-lei-der den Rrrraum verlassssen ...«

Lauras Schuhe bewegten sich, und ehe Laura sich versah, stand sie von ihrem Platz auf und marschierte gehorsam zur Tür hinaus. Dabei hatte sie das gar nicht gewollt! Sie ärgerte sich. Dieser Lehrer war nicht imstande, auf die einfachsten Fragen zu antworten, und schickte sie vor die Tür. Das war ja wohl die Höhe!

Vor der Tür blieben die Schuhe stehen, als wären sie mit dem Boden verklebt. Laura konnte keinen einzigen

Schritt tun. Zornig schlüpfte sie aus den rosafarbenen Pantoffeln.

»Ihr blöden Dinger – ihr könnt mich mal! Und wenn mir niemand auf meine Fragen eine Antwort gibt, dann finde ich eben selbst raus, was es mit diesem Schloss auf sich hat.«

Normalerweise war Laura nicht die Mutigste, aber jetzt trieb die Wut sie an. Sie würde sich doch nicht von irgendwelchen Schuhen unterkriegen lassen! Und siehe da, in Socken war sie ungebunden und frei. Sie konnte gehen, wohin sie wollte, und kein dummer Zauber hinderte sie daran.

Sie nutzte ihre neue Freiheit, ging den Gang entlang, bis sie wieder in einem Treppenhaus landete. Ihrem Gefühl nach musste sie sich jetzt im dritten Turm befinden, im Turm Terra. Sie lief ein Stockwerk hinunter, dann wieder einen Gang entlang. Vor einer geschlossenen Tür blieb sie stehen und lauschte. Das, was sie hörte, klang interessant.

»Jeder von euch ist begabt, aber es liegt an euch, was ihr aus eurem Talent macht. Je mehr ihr übt und eure Gabe trainiert, desto besser werdet ihr werden – und desto mehr werdet ihr unsere wundervolle Welt des achten Tages beschützen können.«

Laura spitzte die Ohren, doch jetzt vernahm sie nur noch undeutliches Gemurmel. Der Sprecher musste sich von der Tür entfernt haben. Hier würde sie viel lieber weiter zuhören, als dem Geschwafel von Magister Darius zu folgen! Über welche Gaben wurde da gesprochen? Und von welchem Kampf war die Rede?

Auf einmal klapperte es hinter ihr. Als Laura sich umdrehte, standen die rosa Pantoffeln da. Sie waren ihr gefolgt – und jetzt zappelten sie ungeduldig hin und her, so als wollten sie Laura auffordern, sie sofort wieder anzuziehen. Laura seufzte.

»Mann, ihr seid ganz schön lästig. Okay, ich habe sowieso kalte Füße.«

Kaum war sie in die Schuhe geschlüpft, liefen die Pantoffeln mit ihr los – den Weg zurück über den Gang und durch das Treppenhaus bis zu dem Klassenzimmer von Magister Darius. Der Lehrer stand schon neben der geöffneten Tür, anscheinend wartete er auf Laura.

»Ist meine Auszeit jetzt zu Ende?«, wollte Laura fragen, aber im letzten Moment verbesserte sie sich: »Schön, dass ich reindarf.« Sie grinste den Lehrer an, marschierte an ihm vorbei und setzte sich auf ihren Platz.

Magister Darius erzählte noch einige Minuten lang von fliegenden Dunkelwesen, die nachts mit glühenden Augen auf Jagd gingen und sich tagsüber im Park versteckten. Als er gerade erklären wollte, wie man sich am besten vor ihnen schützen konnte, ertönte die Harfenmelodie, und die Stunde war zu Ende.

Die Schülerinnen packten ihre Sachen zusammen und stürmten zur Tür. Shirin kam zu Laura.

»Es tut mir leid, dass du vorhin rausgeflogen bist. Wir hätten dich warnen müssen. Magister Darius kann es nun mal nicht leiden, wenn man Fragen stellt.«

»Das habe ich gemerkt«, antwortete Laura. »Sind hier alle Lehrer so?«

»Nein!« Shirin schüttelte den Kopf. »Bei den anderen darf man ganz normal fragen. Sie fordern einen sogar dazu auf. Magister Darius ist eben ein bisschen … speziell.«

»Hm.«

Seite an Seite verließen die Mädchen das Klassenzimmer. Laura spürte wieder die Kraft der Pantoffeln, aber diesmal liefen sie im selben Tempo wie die Pantoffeln von Shirin, sodass sich die Mädchen bequem unterhalten konnten.

»Gibt es diese Dunkelwesen wirklich?«, wollte Laura wissen, als sie die Treppe hinuntergingen.

»Ja, aber sie sind längst nicht so schrecklich, wie er sie dargestellt hat. Es sind fliegende Wesen, die nachts Insekten jagen, und weil in den Türmen nach Einbruch der Dunkelheit oft noch Licht brennt, schwirren sie an unseren Fenstern vorbei. Zugegeben, manche von ihnen sind recht groß und sehen scheußlich aus, aber wie gesagt, die meisten sind ziemlich harmlos.« Shirin grinste Laura an. »Übrigens gibt es jetzt Mittagessen. Ich bin gespannt, was heute auf der Speisekarte steht.«

Laura merkte, wie ihr Magen knurrte. Es war ja schon einige Stunden her, dass sie ihren Proviant verzehrt hatte.

Die Pantoffeln führten sie und Shirin die Treppe hinunter in den Innenhof. Laura staunte. Der Hof hatte sich völlig verändert. Jetzt standen dort zahlreiche Vierertische, und bei jedem befand sich ein großer Sonnenschirm, der aussah wie ein Pilz. Die beiden Mädchen setzten sich an den nächsten freien Tisch. Die Tischplatte schien aus Marmor zu sein, aber als Laura genauer hinsah, erschien in der Platte vor ihr eine Schrift – die Speisekarte. Es gab gefüllte Spinatrouladen und als Nachtisch ein Stück Möhrentorte.

»Das klingt so, als hätte meine Mutter den Speiseplan aufgestellt«, murmelte Laura.

»Wenn du dir etwas anderes aussuchen willst, musst du nur auf die Tischplatte tippen«, sagte Shirin.

Laura folgte ihrem Rat. Sofort veränderte sich die Schrift. Jetzt standen Fleischbällchen mit Kartoffelbrei und Gemüse zur Auswahl, zum Nachtisch gab es Schokopudding. Das war schon eher nach Lauras Geschmack.

»Und wie bestellt man das Essen?«, wollte sie wissen.

»Wenn du mit der Auswahl zufrieden bist, musst du nichts weiter tun«, erklärte Shirin. Sie selbst tippte mehrmals auf die Tischplatte, bis sie sich entschieden hatte.

Inzwischen waren auch Anouk und Merle angekommen und ließen sich auf die beiden freien Stühle fallen.

»Der Unterricht bei Magister Darius war ja wieder mal endlangweilig«, beschwerte sich Anouk und wischte in Windeseile durch die Speisekarte. »Mann, das Essen wiederholt sich auch ständig. Dass denen in der Küche nie etwas Neues einfällt!« Stirnrunzelnd entschied sie sich für ein Menü.

Merle wählte schweigend ihr Essen. Der Hof hatte sich inzwischen gefüllt. Laura schätzte, dass es ungefähr hundertzwanzig Personen waren, etwa gleich viele Jungen und Mädchen und auch einige Erwachsene.

Kurz darauf wurde es noch voller, denn jetzt strömten aus allen Toren wundersame glitzernde Wesen. Sie hatten durchsichtige, schillernde Libellenflügel und waren so groß wie Babypuppen. Es waren lauter kleine Frauen, alle hellblau gekleidet, und jede von ihnen balancierte in ihren Händen ein Tablett. Eine von ihnen flog zu den Mädchen an den Tisch. Laura erblickte ein hübsches zartes Gesicht, die blonden Haare waren zu einem Kranz geflochten. Die kleine Frau sah wunderschön aus.

»Wer bekommt die Fleischbällchen?«, fragte sie mit heller Stimme, die an das Gezwitscher von Vögeln erinnerte.

»Ich!«, sagte Laura.

Die fliegende Frau setzte das Tablett vor Laura auf dem Tisch ab. »Guten Appetit«, wünschte sie und surrte davon.

»Wow!« Laura war beeindruckt. »Das ist ja fantastisch!«

»Na ja.« Anouk verdrehte die Augen. »Diese Service-Feen sind nicht immer gut drauf. Die können echt zickig sein.«

Laura hatte Zweifel, ob Anouk nicht übertrieb. Es waren so wundersame, zarte Wesen, die da durch die Luft flogen … Doch während Laura ihr Besteck aus der Serviette wickelte, wurde sie Zeugin eines Zwischenfalls. Am Nebentisch wollten zwei Feen gleichzeitig servieren und stießen im Eifer mit ihren Tabletts zusammen. Gläser und Teller fielen zu Boden und zerbrachen, und in der Luft ging ein schrilles Gekreische los. Die beiden Feen lieferten sich ein Luftgefecht, sie kratzten und schlugen einander und zogen sich gegenseitig an den Flügeln. Wie aus dem Nichts erschien Magistra Elisa und warf den Kämpfenden einen strengen Blick zu.

»Was soll das? Sofort aufhören, ihr beiden!«

Die Feen ließen voneinander ab, aber sie warfen sich giftige Blicke zu. Einige andere Feen schwärmten herbei, um das zerbrochene Geschirr aufzulesen. Nach wenigen Minuten war die Ordnung wiederhergestellt.

Laura hatte den Vorfall mit großen Augen beobachtet. Die Feen waren wirklich rabiat. Inzwischen hatten auch die drei anderen Mädchen ihr Essen bekommen.

Shirin stand auf, nahm ihr leeres Glas und trat an den Pilz-Schirm. »Getränke gibt es hier«, erklärte sie Laura. »Du musst dir nur deine Lieblingssorte wünschen. Apfelsaft!« Sie hielt ihr Glas dicht an den Stamm unter eine Öffnung. Dort schob sich ein kleiner Hahn heraus, und schon sprudelte goldgelbe Flüssigkeit in Shirins Glas.

Laura war fasziniert. Ob es auch mit Brombeersaft

funktionierte? Sie erhob sich und hielt ihr Glas ebenfalls unter die Öffnung. »Brombeersaft!«

Diesmal kam rötliche Flüssigkeit aus dem Hahn. Als Laura den Saft probierte, musste sie feststellen, dass es der beste Brombeersaft war, den sie je getrunken hatte.

»Mmhh, lecker!« Sie setzte sich wieder und griff nach ihrem Besteck. Auch ihr Essen schmeckte besser, als sie es erwartet hatte. Der Schokopudding war wunderbar cremig und zerging auf der Zunge.

Kaum hatte sie alles aufgegessen, ertönte der Harfenklang. Die Feen erschienen in Scharen und räumten die Tische ab. Lauras Pantoffeln vibrierten schon unruhig an ihren Füßen.

»Es ist Zeit für die nächste Unterrichtsstunde.« Shirin seufzte und stand auf. Laura tat es ihr nach. Sie hätte sich eine längere Mittagspause gewünscht, aber ihre Pantoffeln strebten auf einen Turm zu. Diesmal war es Turm vier – Marsianus. Bevor Laura das Tor erreichte, drehte sie sich noch einmal um und beobachtete, wie die Tische und Stühle im Boden versanken. Die Pilze falteten ihre Schirme zusammen und verschwanden ebenfalls nach unten. Die Löcher schlossen sich, und das Pflaster des Hofes sah so aus, wie Laura es kennengelernt hatte.

»Wahnsinn!«, murmelte sie.

Aber schon ging es durch den Eingang, in eine Halle und dann wieder die Treppe hinauf, alles im schnellen Tempo der Pantoffeln. Sie stoppten an einem großen, achteckigen Raum, dessen Tür weit offen stand. Laura sah, dass Matratzen auf dem Boden lagen.

»Haben wir Sport?«, fragte sie Shirin.

»So etwas Ähnliches«, antwortete diese. »Bewegungslehre. Falls es dich tröstet, ich bin in diesem Fach ziemlich unbegabt.«

Verborgene Talente

Laura erwartete, dass sich jeder auf eine Matratze legte, aber die Schülerinnen nahmen auf einer langen Holzbank Platz, die an der Wand stand. Es waren dieselben Mädchen, die Laura schon bei Magister Darius kennengelernt hatte. Laura setzte sich ans rechte äußere Ende. Neben ihr saß Shirin.

Es dauerte eine ganze Weile, bis Magistra Elisa erschien. Sie wirkte erhitzt.

»Bitte entschuldigt die Verspätung, aber ich hatte eine längere Diskussion mit den Service-Feen. Doch das gehört nicht hierher. Lasst uns anfangen, wir haben ohnehin schon etliche Minuten verloren. Beginnen wir mit den Aufwärmübungen.«

Laura dachte, dass sie und die anderen Mädchen nun aufstehen und im Kreis herumrennen würden. Doch niemand erhob sich. Laura blickte zur Seite und stellte fest, dass Shirin ruhig dasaß und in sich gekehrt wirkte – genau wie die anderen. Plötzlich spürte Laura, wie sich die

Holzbank unter ihr erwärmte. Die Wärme ging nach und nach in sie über. Es war sehr angenehm, ihre Muskeln lockerten sich. Gleichzeitig mit der Wärme schien Energie in sie zu strömen. Sie hatte das Gefühl, Bäume ausreißen zu können.

Nicht schlecht! Das war viel besser als der Sportunterricht in ihrer Schule, wo die Lehrerin sie zum Aufwärmen immer unzählige Runden laufen ließ, bis es Laura vor den Augen flimmerte.

»Wir beginnen da, wo wir das letzte Mal aufgehört haben«, sagte Magistra Elisa mit sanfter Stimme. »In die Luft springen und sich so lange wie möglich oben halten.«

Die Mädchen standen von ihren Plätzen auf und suchten sich eine Matratze. Laura nahm die, die frei geblieben war. Weil sie sah, dass alle anderen ihre Pantoffeln von den Füßen streiften, tat sie es auch und stellte die Schuhe neben die Matratze.

»Wir hüpfen in die Höhe!«, kommandierte die Lehrerin. »Hopp, hopp, hopp! Und versucht, so lange wie möglich in der Luft zu bleiben, ohne den Boden zu berühren.«

Laura versuchte, alles richtig zu machen. Aber ihre Füße folgten unbarmherzig dem Gesetz der Schwerkraft und kamen immer wieder unten auf. Wie sollte das auch funktionieren? Auf dem Mond konnte man vielleicht solche Sprünge machen, wie es Magistra Elisa verlangte, aber hier im Raum war das unmöglich …

Oder doch nicht? Laura sah mit wachsender Bewunderung, wie Anouk schräg vor ihr immer länger in der Luft blieb. Sie stieß sich mit den Füßen ab, schnellte nach oben, und es gelang ihr, eine oder zwei Sekunden lang zu schweben, bevor die Schwerkraft wirkte und sie wieder landete.

»Es ist eine Frage der Konzentration«, rief die Lehrerin und klatschte in die Hände. »Also bitte, Mädchen! Strengt euch an!«

Laura bemühte sich nach Kräften. Sie atmete ein, wenn sie lossprang, hielt im Sprung die Luft an und dachte verzweifelt: »Oben bleiben, oben bleiben!« Aber es half nichts. Nach dem dreißigsten oder vierzigsten Sprung setzte sie sich auf die Matratze und blieb sitzen. Sie konnte und wollte nicht mehr.

Bei Anouk dagegen lief oder vielmehr flog es fantastisch. Sie schaffte es tatsächlich, acht Sekunden zu schweben, Laura hatte mitgezählt. Wie machte sie das nur? Gab es eine geheime Technik, mit der man die Schwerkraft überlisten konnte?

Shirin hatte inzwischen ebenfalls aufgegeben, genau wie mehrere andere Mädchen. Jetzt sprangen nur noch Anouk und ein Mädchen, dessen Name Laura noch nicht kannte. Anouk war entschieden besser, aber auch die andere Springerin konnte sich zwei oder drei Sekunden in der Luft halten.

»Sehr gut«, sagte Magistra Elisa zufrieden. »Ihr könnt

jetzt auch aufhören, Anouk und Catriona. Es sieht bei euch sehr vielversprechend aus. Wenn ihr weiterübt, habt ihr gute Aussichten, es bis zur Flugmeisterin zu schaffen.«

Anouk strahlte. Ihre Wangen waren gerötet, und ihre Augen glänzten wie im Fieber, als sie sich auf ihrer Matratze niederließ. Sie griff nach ihrem Rucksack, holte eine Wasserflasche heraus und trank sie halb leer.

Laura überlegte, ob es ein besonderes Getränk war, das sie zu sich nahm. Vielleicht gab es eine Flüssigkeit, die einen leichter machte?

Plötzlich spürte Laura eine Hand auf ihrer Schulter. Sie zuckte zusammen. Magistra Elisa stand hinter ihr und blickte wohlwollend auf sie herab.

»Nimm es dir nicht zu Herzen. Deine Qualitäten liegen woanders. Auch du wirst dein Talent noch finden.«

Obwohl die Worte gut gemeint waren, spürte Laura, wie die Tränen in ihr aufstiegen. Sie blinzelte heftig, um sie zurückzuhalten. Vergebens. Erst kullerte eine Träne über die Wange, dann die zweite, und schließlich heulte Laura los. Sie fühlte sich wie eine Versagerin. Außerdem wusste sie immer noch nicht, warum sie hier war. Alles war so verwirrend. Sie sehnte sich nach zu Hause …

»Shirin, am besten bringst du Laura zurück in euer Zimmer«, bat die Lehrerin. »Dort kann sie sich ausruhen.«

»Mach ich.« Shirin reichte Laura die Hand, um sie hochzuziehen. Laura kam auf die Füße. Sie spürte ihre Beinmuskeln. Sie hatte sich wirklich angestrengt!

»Komm!«

Die beiden Mädchen schlüpften in ihre Pantoffeln, und schon ging es zur Tür hinaus, auf den Flur, ins Treppenhaus, durch mehrere Räume, in ein zweites Treppenhaus und wieder in einen Gang. Ohne Shirin und ohne die Hilfe der Pantoffeln hätte Laura ihr Zimmer nie wiedergefunden.

Sie ging ins Bad, trank Wasser aus dem Hahn, benutzte die Toilette und kehrte ins Zimmer zurück.

Shirin hatte auf sie gewartet. »Geht's wieder?«

Laura nickte. »Ja. Aber ich verstehe das alles nicht. Warum kann Anouk fliegen? Und warum falle ich runter wie ein Stein?«

Shirin nahm auf dem Boden Platz und machte Laura ein Zeichen, sich zu ihr zu setzen. »Ich weiß nicht alles, aber diese Schule ist dazu da, dass wir unsere Talente entdecken. Und Anouks Gabe ist offenbar das Fliegen.«

»Kein Mensch kann fliegen«, widersprach Laura. »Jedenfalls nicht ohne Hilfsmittel.«

»Hier ist eben vieles anders«, erwiderte Shirin.

Diese Antwort genügte Laura nicht. »Wie bist du hierhergekommen?«, wollte sie wissen. »Und kommst du wie ich aus der richtigen Welt?«

Shirin lächelte. »Am Anfang war es für mich genauso schwer wie für dich. Plötzlich gab es diesen zusätzlichen Tag! Ich hatte auf dem Flohmarkt eine alte Taschenuhr entdeckt, und weil sie nur fünf Euro gekostet hat, habe ich sie mitgenommen. Und dann, am nächsten Tag, war alles anders. Das heißt, zuerst war alles fast normal. Ich musste wieder mal meine Schildkröte Euphemia suchen. Sie schafft es immer wieder, aus ihrem Gehege auszubrechen. Sie klettert entweder obendrüber oder gräbt sich unten durch. Als ich sie endlich unter einem Busch entdeckt hatte, sprach mich Magistra Elisa an. Damals wusste ich natürlich noch nicht, dass sie so heißt. Ich wunderte mich nur über die auffällig gekleidete Frau, die sich so für meine Schildkröte interessierte. Und als sie Euphemia in die Hand nahm, fing meine Schildkröte an, eine Melodie zu summen. Ich dachte zuerst, dass die Frau eine geschickte Bauchrednerin sei, aber als sie mir Euphemia zurückgab, konnte ich hören, dass die wunderschönen Töne wirklich von meinem Tier kamen. Ich fühlte mich ganz entspannt und glücklich. Magistra Elisa stellte sich vor und fragte mich, ob ich noch mehr so wunderbare Dinge kennenlernen wollte. Ich bräuchte nur mit ihr zu kommen. Ich dachte an meine Eltern, die mir eingeschärft hatten, nie mit einem fremden Menschen mitzugehen, aber Magistra Elisa erschien mir so vertrauenswürdig. So bin ich ihr dann tatsächlich gefolgt bis zum Park und zum Schloss der Ewigkeit. Anouk war bereits da, aber Magistra Elisa sagte uns, dass noch zwei weitere Mädchen kommen würden. Und so war es dann auch. Zuerst erschien Merle, und jetzt bist du hier angekommen.«

Laura sah sie an. »Und was ist mit deiner Schildkröte? Ist sie auch hier?«

Statt einer Antwort bückte sich Shirin und zog unter ihrem Bett einen Pappkarton hervor. Darin saß zwischen lauter Salatblättern eine hübsche Landschildkröte, etwa so groß wie Lauras Hand.

»Ich weiß, die Pappschachtel ist kein gutes Zuhause für Euphemia, aber ich lasse sie so oft wie möglich frei laufen. Und sie bekommt immer frisches Futter. Ich möchte Euphemia möglichst nah bei mir haben.« Sie streichelte sanft über den gerillten Panzer. »Es gibt manchmal Momente, in denen ich traurig bin oder mich geärgert habe. Dann tröstet mich Euphemia mit ihren leisen Melodien.«

Laura runzelte die Stirn. Sie hatte noch nie von einer summenden Schildkröte gehört! Sollte sie Shirins Geschichte glauben?

Shirin gab ihr Euphemia in die Hand. »Wenn du dich hinlegst und Euphemia auf deinem Bauch sitzt, fängt sie an. Probier's aus!«

Laura zögerte erst, aber dann folgte sie Shirins Anweisungen. Sie streckte sich auf ihrem Bett aus, und Shirin legte ihr Euphemia auf den Bauch. Die Schildkröte blickte Laura mit dunklen, wissenden Augen an. Laura hatte plötzlich das Gefühl, dass das Tier genau verstand, wie unsicher und fremd sie sich in dieser neuen Welt fühlte.

Und dann begann Euphemia zu summen. Laura spürte die Töne in ihrem ganzen Körper. Shirin hatte recht, es war absolut entspannend. Laura erinnerte sich daran, wie Mama ihr früher immer ein Schlaflied vorgesungen hatte. Damals hatte sie sich sicher und geborgen gefühlt. So ähnlich war es auch jetzt. Lauras Hand lag immer noch auf Euphemias Panzer, als ihre Lider schwer wurden.

»Du kannst ruhig ein bisschen schlafen«, meinte Shirin. »Dein Gehirn muss alles erst mal verarbeiten. Nach meinem ersten achten Tag habe ich vierzehn Stunden am Stück geschlafen. Meine Mutter hat mich gar nicht wachbekommen und mich in der Schule krank gemeldet …«

Den Rest nahm Laura schon gar nicht mehr richtig wahr. Sie hörte nur Euphemias Summen, das sie langsam in einen tiefen Schlaf wiegte.

»Aufs-tehen, aufs-tehen, es issst s-pät.«

Laura blinzelte und blickte in Amys grüne Augen. Der Roboter stand an ihrem Bett, und die Teleskoparme hatten ihr bereits die Decke weggezogen.

Laura sah Amy an, kniff die Augen zusammen und öffnete sie. Dann setzte sie sich auf und blickte sich um. Sie war wieder in ihrem eigenen Zimmer. Hatte sie das Ganze also doch nur geträumt?

»Amy, welcher Tag ist heute?«

»Esss isssst Montag, der 16. Mai«, lispelte Amy. »S-stehst du jezz-t auf?«

Laura schwang ihre Beine über die Bettkante, und Amy surrte zufrieden aus dem Zimmer. Laura starrte auf ihren

Nachttisch, dann griff sie nach vorne und zog die Schublade auf. Die goldene Taschenuhr war weg!

Verwirrt stand Laura auf und ging ins Bad, um sich die Zähne zu putzen. Alles war wie gewohnt. Trotzdem konnte Laura nicht vergessen, was sie erlebt hatte. Der Traum hatte sich angefühlt, als sei er Wirklichkeit. Sie hatte das raue Mauerwerk des Schlosses fühlen können, hatte Fleischbällchen gegessen und auch Gerüche wahrgenommen. Und dann war da noch die Sache mit Euphemia. Laura erinnerte sich genau, wie sich das Gewicht des kleinen Tiers auf ihrem Bauch angefühlt hatte.

Sie schüttelte den Kopf und spuckte den Zahnpastaschaum ins Waschbecken. An der Badezimmertür kratzte Samson. Laura öffnete die Tür und ließ den Kater herein. Er hatte die Kette mit der Taschenuhr um den Hals. Laura bückte sich und sah dem Tier in die gelben Augen.

»Raus mit der Sprache, Samson! Was war das? Was haben wir erlebt?«

»Miau!«, machte der Kater nur und sprang auf den Wäschekorb. Dort begann er sich zu putzen.

»Nicht trödeln, Laura!«, hörte Laura die Stimme ihrer Mutter. »Elias ist schon fertig! Beeil dich!«

Laura schlüpfte in ihre Jeans und ein hellblaues T-Shirt mit einem Katzenaufdruck. Anschließend lief sie in die Küche. Samson folgte ihr. Laura bückte sich, nahm ihm die Taschenuhr ab und steckte sie in ihre Hosentasche.

»Wie immer du da rangekommen bist … In Zukunft lass die Pfoten davon, hörst du?«

Bildete sie es sich nur ein, oder sah der Kater ein bisschen schuldbewusst drein?

In der Küche gab Amy Laura das übliche Lunchpaket.

»Guten Appetit«, wünschte sie, und ihre grünen Roboteraugen blinkten.

»Danke. Mach's gut, Amy, und fabrizier keinen Kurzschluss!« Laura verließ die Küche.

Elias stand schon an der Wohnungstür und kickte ungeduldig mit dem Fuß gegen den Türrahmen.

»Hör auf!«, sagte Laura.

»Will nicht in die Schule«, murrte Elias und kickte unbeirrt weiter. »Montage sind doof!«

Valerie Lilienstedt stand noch vor dem Garderobenspiegel und zog mit einem roten Stift ihre Lippen nach.

»Komm schon, Mama, du siehst perfekt aus«, rief Laura leicht genervt.

»Noch eine Sekunde, bitte!« Eine Parfümwolke umhüllte Valerie. Sie zupfte hier und zupfte dort, bis sie endlich zufrieden war. »Wir können los.« Auf hochhackigen Schuhen stakste sie zu ihren Kindern.

Laura betrachtete ihre Mutter. Die Ähnlichkeit mit Magistra Elisa war unverkennbar. Die Mutter und die Lehrerin hätten Schwestern sein können.

»Was guckst du mich so an?«, fragte Valerie. »Ist etwas nicht in Ordnung?«

»Doch, doch, alles okay«, beeilte sich Laura zu sagen. »Du siehst toll aus.«

Ihre Mutter trug heute ein beiges Kostüm, dazu passende Schuhe. Eine Perlenkette schmiegte sich um ihren Hals, und der schimmernde Gürtel mit großer Silberschnalle war ein Blickfang. Valerie Lilienstedt hatte einen wirklich guten Geschmack.

Zu dritt verließen sie die Wohnung.

Der Aufzug sah heute aus wie gewohnt. Sie stiegen ein. Elias musste natürlich wieder auf alle Knöpfe drücken, und so hielt der Aufzug in jeder Etage, jedes Mal mit einem harten Ruck.

»Kein Wunder, dass der Aufzug kaputtgeht, wenn Elias immer auf alle Knöpfe drückt!«, meckerte Laura.

»Hach, jetzt bin ich wieder schuld, blöde Kuh!«, fauchte Elias und drohte seiner Schwester mit der Faust.

»Hat er seine Tabletten nicht genommen?«, fragte Laura ihre Mutter.

»Ich habe mit dem Arzt gesprochen, wir versuchen es jetzt mal ohne Medikamente«, erwiderte Valerie.

»Ihr sollt nicht immer so reden, als wäre ich nicht dabei!«, brüllte Elias. »Und ich *hasse* meine Tabletten!«

»Alles ist gut, mein Schatz«, sagte Mama. »Wir haben dich lieb, das weißt du.« Sie wollte Elias über den Kopf streichen, aber er wich ihr aus.

Laura verdrehte die Augen. Ihr Bruder litt an einer Aufmerksamkeitsstörung und war dazu noch hyperaktiv, das heißt, er konnte nie längere Zeit ruhig sitzen oder stehen. Das war für seine Umgebung sehr anstrengend. Selbst Amy hatte schon den einen oder anderen Programmabsturz erlitten, weil Elias einfach nicht die Finger von ihren Schaltern gelassen hatte.

Endlich kamen sie im Erdgeschoss an. Die Ufo-Pflanze sah noch trauriger aus als am Sonntagabend. Laura überlegte, ob sie den Topf nach der Schule mit nach oben nehmen sollen, um die arme Pflanze vor dem sicheren Tod zu retten.

Draußen vor dem Gebäude drehte sich Laura um und vergewisserte sich, dass sie wieder den großen Würfel mit den bunt leuchtenden Fenstern vor sich hatte. Das selbstfahrende Auto kam aus der Tiefgarage und hielt vor ihnen an. Mama setzte sich auf den Beifahrersitz, Elias und Laura kletterten auf den Rücksitz. Laura öffnete ihre Lunchbox, während ihre Mutter die kleine Kaffeemaschine bediente, die am Armaturenbrett angebracht war.

»Alles in Ordnung bei euch?«, fragte Mama, während sie ihren heißen Cappuccino schlürfte und das Auto einen Weg durch den Berufsverkehr suchte.

»Ich möchte einen Sonnenschirm, aus dem Getränke kommen«, sagte Laura und knabberte an einer Möhre. Heute waren wieder nur Obst und Gemüse in ihrer Lunchbox, und Laura sehnte sich nach einem Schokoladencroissant.

Mama wandte sich um und sah sie befremdet an. »Aber Kind, wir haben keinen Balkon, was sollen wir da mit einem Sonnenschirm?«

»Für Papas Garten.«

»Und warum sollen aus dem Sonnenschirm Getränke herauskommen?«, fragte die Mutter. »Alles, was du brauchst, steht doch im Kühlschrank.«

»Hehe, so ein Schirm wäre supadupa.« Elias kicherte und kippte den Inhalt seiner Lunchbox unauffällig in den Fußraum des Wagens.

Laura warf ihm einen bösen Blick zu. Sicher hatte Mama Elias wieder extra Geld zugesteckt, damit er sich in der Schule am Kiosk etwas kaufen konnte. Wenn Laura sich beschwerte, dass sie keine Möhren, Gurkenscheiben und Paprikastreifen mehr sehen konnte, kam Mama ihr mit einem Vortrag über Vitamine.

»Wenn ich eines Tages zum Kaninchen mutiere, bist du schuld!«, knurrte Laura und hielt das Möhrenstück hoch, damit ihre Mutter es auch sehen konnte. »Hast du eigentlich mal das Buch *Alice im Wunderland* gelesen?«

»Nein, warum? Was ist das?«

»Eine Art Märchen.« Laura seufzte. Mama interessierte sich einfach nicht für die tollen Bücher, die Papa besaß. »Es geht um ein Mädchen, das einem sprechenden Kaninchen mit einer Taschenuhr nachläuft und dann in eine ganz merkwürdige Welt gerät.«

»Mmmhhh.« Mama tippte schon auf ihrem Tablet

herum. Sie arbeitete meistens bereits im Auto, obwohl ihre Arbeitszeit offiziell erst um acht Uhr begann. Laura wünschte sich, dass ihre Mutter weniger Überstunden machen und mehr Zeit zu Hause verbringen würde. Manchmal hatte sie den Eindruck, dass Mama ihr gar nicht richtig zuhörte. Wie jetzt.

Laura holte Luft. »Also – in dem Buch geht es um ein Mädchen, die einem sprechenden Kater mit einer Taschenuhr nachläuft«, log sie.

»Mmmhhh.«

Mama hatte nicht zugehört, ganz klar. Und Elias war inzwischen auch ganz vertieft in sein Taschen-Computerspiel, obwohl Mama ihm noch vergangenen Freitag ein zweiwöchiges Verbot auferlegt hatte. Aber so war sie … Was Elias anging, drückte sie einfach sämtliche Augen zu.

Laura sah aus dem Fenster, ohne die Gegend richtig wahrzunehmen. Sie dachte an das Schloss der Ewigkeit, an Shirin, Anouk und Merle und auch an Magistra Elisa. Sie erinnerte sich an den dunklen See und an Magister Darius, den man nichts fragen durfte. Hatte sie das wirklich alles nur geträumt? Aber warum hing dann heute Morgen die Taschenuhr um Samsons Hals? Samson hatte es bisher noch nie fertiggebracht, eine Schublade aufzuziehen. Den alten Kühlschrank dagegen hatte er öffnen können, deswegen hatte Mama einen neuen angeschafft.

Die Grundschule kam in Sicht. Der Wagen hielt, und

Elias kletterte aus dem Wagen. Dabei trat er natürlich prompt in sein Frühstück, aber Mama merkte nicht, dass eine Gurkenscheibe an seiner Schuhsohle klebte.

»Tschüss, mein Schatz und viel Spaß!«

Aber Elias rannte schon auf einen anderen Jungen zu und begrüßte ihn, indem er ihn in die Seite boxte.

Das Auto fuhr weiter. Mama gab ein paar komische Geräusche von sich, anscheinend funktionierte das Programm nicht so, wie es sollte.

»Macht dir deine Arbeit eigentlich Spaß?«, wollte Laura wissen.

»Ja, natürlich. Warum fragst du?«

»Wärst du nicht lieber etwas anderes geworden, zum Beispiel … Lehrerin?«

»Um Himmels willen!« Mama lachte. »Das war noch nie mein Wunsch, ehrlich!«

Laura nagte an ihrer Unterlippe. Tief drinnen hatte sie gehofft, dass Mama lachen und sagen würde: »Na klar, ich bin die Magistra Elisa! Du hast mich doch erkannt, obwohl ich viel jünger aussehe. Weißt du, das liegt an der Magie der anderen Welt.« Und dann würde Mama all die Fragen beantworten, die Laura hatte …

Aber nichts davon geschah. Mama nutzte jetzt die Kamerafunktion ihres Tablets und puderte sich die Nase.

Laura atmete tief durch. Wahrscheinlich war das Ganze doch nur ein dummer, wenn auch sehr, sehr langer Traum gewesen …

Jetzt kam Lauras Schule in Sicht. Laura entdeckte ihre Freundin Olivia Maurer, die vor dem Schultor auf sie wartete. Die kleine, ein wenig pummelige Gestalt mit der hellblonden Lockenflut war unverkennbar. Auch heute war Olivia wieder ganz in Pink gekleidet, ihrer Lieblingsfarbe.

»Ciao, Mama!« Laura schnappte sich ihren Rucksack und kletterte aus dem Wagen. Olivia strahlte, als Laura auf sie zukam.

»Stell dir vor, wir kriegen jetzt auch einen Haushaltsroboter.« Ihre hellblauen Augen funkelten. Sie hakte sich bei Laura unter, und gemeinsam gingen die Mädchen über den Schulhof. »Dann bin ich endlich vom Wäschedienst befreit und muss auch nicht mehr den Geschirrspüler ausräumen.«

»Ach, Haushaltsroboter sind längst nicht so cool wie in der Werbung.«

»Ich dachte, du findest Amy super!«

»Ja, schon. Aber manchmal nervt es auch, wenn dir dauernd so ein Roboter in die Kniekehlen fährt und ›Smutzwässe, bittä!‹ ruft.«

Olivia kicherte. »Das ist doch lustig!«

Sie hatten die Eingangstür erreicht. Laura hielt sie für Olivia auf, denn der Türöffnungsmechanismus funktionierte schon seit einem halben Jahr nicht mehr. »Du, Olivia, glaubst du, dass es noch andere Welten gibt außer der, die wir kennen?«

»Äh … klar.« Olivia sah Laura an. »All die Planeten und Galaxien, die Millionen von Sternen … Da gibt es ganz sicher andere Welten.«

»Das meine ich nicht. Glaubst du, dass es eine Welt gibt, die so ist wie unsere, aber doch anders? In der man fliegen kann und in der es auch Magie gibt?«

Olivia schwieg einen Moment, dann grinste sie. »Ach so, du warst am Wochenende wieder bei deinem Vater und hast in diesen Märchenbüchern gelesen.«

»Genau.«

»Kann ich mir nicht so richtig vorstellen. Ich denke, jeder wünscht sich insgeheim magische Kräfte, und deswegen gibt es all diese Geschichten.«

Olivia war manchmal schrecklich realistisch. Laura hatte ihr einmal ein Märchenbuch ausgeliehen. Als Laura dann fragte, wie ihr das Buch gefallen habe, sagte Olivia: »Die Geschichten waren schon spannend, aber es ist schade, dass sie kein bisschen wahr sind.«

Genau wie damals war Laura jetzt über Olivias Antwort enttäuscht. Sie beschloss, ihr nichts von dem nächtlichen Abenteuer zu erzählen. Wahrscheinlich war es wirklich unsinnig zu glauben, dass eine Art Parallelwelt existierte und dass es einen achten Tag in der Woche gab.

»Achttag«, murmelte Laura vor sich hin.

»Was hast du gesagt?«, fragte Olivia.

»Nichts.«

Die Freundinnen liefen die Treppe hinauf und betraten

das Klassenzimmer der 8 b. Laura und Olivia teilten sich einen Tisch am Fenster. Nach und nach füllte sich der Raum mit Jungen und Mädchen. Es waren mehr als fünfundzwanzig Schüler und Schülerinnen. Laura musste an das Schloss der Ewigkeit denken, in dem die Kurse oder Klassen nur acht Personen umfassten. In diesem Augenblick bekam sie im Klassenzimmer fast Platzangst. Sie musste aufstehen und das Fenster öffnen. Die frische Luft tat ihr gut und klärte ihren Verstand.

Olivia war besorgt. »Was ist denn los?«

»Es geht schon wieder.« Laura kehrte auf ihren Stuhl zurück. »Mir war nur einen Moment schwindelig.«

»Vielleicht hast du ein Virus aufgeschnappt. Im Moment geht so eine Magen- und Darmsache rum«, sagte Olivia. »Klara durfte jedenfalls heute nicht in den Hort, und Mama musste den Babysitter-Notdienst anrufen.« Klara war Olivias vierjährige Schwester.

»Ich hab nur schlecht geschlafen«, murmelte Laura und erntete dafür einen mitfühlenden Blick von ihrer Freundin.

Wenig später betrat Frau Schlosser, die Lateinlehrerin, das Klassenzimmer, und der Unterricht begann. Zufälligerweise wurden an diesem Tag die lateinischen Namen der Planeten durchgenommen, und Laura, die sich an die Namen der acht Türme erinnerte, konnte mit ihrem Wissen glänzen. Frau Schlosser war ganz begeistert und trug ihr eine Eins ein.

»Das war heute super, Laura! Weiter so!«

Normalerweise beteiligte sich Laura wenig am Lateinunterricht, weil sie das Fach so schrecklich langweilig fand. In der letzten schriftlichen Arbeit hatte sie gerade noch eine Drei geschafft. Bei der Note Vier und schlechter mussten die Schüler ein Computer-Nachhilfeprogramm durcharbeiten.

In der zweiten Stunde hatte die Klasse Englisch, aber Herr Mahlke fehlte. Vermutlich würde er für längere Zeit ausfallen, weil er sich einen Bandscheibenvorfall zugezogen hatte. Eine Referendarin übernahm die Vertretung und ließ die Jungen und Mädchen an ihren Tablets und Laptops arbeiten, während sie selbst die Testbögen einer anderen Klasse korrigierte.

Olivia machte ein Online-Spiel, und Laura suchte im Internet unter Begriffen wie »Achttag« und »achter Wochentag«, in der Hoffnung, irgendwelche Hinweise zu finden. Obwohl alles dafür sprach, dass Laura nur einen sehr lebhaften Traum erlebt hatte, war sie mit dieser Erklärung nicht zufrieden. Wenn es ein Traum gewesen war, woher hatte sie dann die lateinischen Namen der Planeten gewusst? Und außerdem war immer noch nicht klar, wie sich Samson die Taschenuhr um den Hals gehängt hatte … Sie suchte und suchte, bis ihr die Augen schmerzten, aber hinterher war sie genauso schlau wie zuvor. Zum Glück klingelte es dann zur Pause – ein schriller Ton, der einem durch und durch ging und an einen

Feueralarm erinnerte. Wie sanft war da der Harfenklang im Schloss der Ewigkeit!

»Du bist heute irgendwie anders«, stellte Olivia fest, als die beiden auf ihrem Lieblingsplatz saßen, der Bank unter der großen Kastanie. Der Baum trug rosa Blüten, und zwischen den Blättern summten und brummten die Bienen. Nach dem großen Bienensterben vor einigen Jahren hatte sich der Bestand wieder erholt, denn zum Glück gab es jetzt strengere Bestimmungen, was den Einsatz von Pestiziden anging.

»Ja, findest du?«, fragte Laura zurück. Wie gerne hätte sie Olivia von ihrem nächtlichen Abenteuer erzählt, doch sie befürchtete, dass die Freundin sie als Spinnerin bezeichnen würde. Und hatte nicht auch auf dem handgeschriebenen Zettel gestanden, dass sie niemandem etwas von dem achten Tag verraten sollte?

»Ich glaube, du hast ein Geheimnis«, sagte Olivia und sah Laura prüfend an. »Wir haben doch versprochen, uns gegenseitig alles zu erzählen. Ich erzähle dir immer alles.«

»Hm«, machte Laura. Das stimmte. Dieses Versprechen gab es. Aber es bezog sich eigentlich auf die Sache mit den Jungs. Laura und Olivia hatten einander versprochen, sich zu erzählen, falls sich eine von ihnen verliebte oder von einem Jungen geküsst wurde. Zum Glück war Laura weder das eine noch das andere passiert.

»Was hast du am Wochenende gemacht?«, fragte Olivia.

»Ich war bei meinem Vater – wie immer.«

»Und da ist nichts Besonders passiert?«

»Nein. Das heißt, ich hab in dem Sekretär eine alte Taschenuhr gefunden. Sie geht sogar noch.«

Olivia schien sich jedoch nicht für die Uhr zu interessieren. »Und dein Vater hat nicht zufällig Besuch gehabt? Von einem Nachbarsjungen vielleicht?«

»Du fragst schon fast wie Mama.« Laura seufzte. »Die will auch immer wissen, ob Papa Besuch von einer Frau bekommen hat. Mama denkt, er hat eine Freundin. Hat er aber nicht.« Laura schluckte. »Dafür hat Mama einen Freund.

»Oh.« Olivia machte ein betroffenes Gesicht.

»Ja, gar nicht gut. Mama will, dass wir ihn kennenlernen. Bestimmt ist der Typ dann zu uns scheißfreundlich, obwohl er uns in Wirklichkeit am liebsten auf den Mond schießen würde.«

»Das weißt du doch gar nicht.«

Laura zuckte mit den Achseln. »Ich hab halt ein ganz blödes Gefühl, was das angeht.«

Olivia strich Laura über den Arm. »Vielleicht ist er ja ganz nett.«

»Ich will aber nicht, dass Mama einen Freund hat«, sagte Laura trotzig. »Ich will, dass Mama und Papa wieder zusammenkommen.« Sie biss sich auf die Lippe. Das war ein heikles Thema. Jetzt traten ihr auch noch die Tränen in die Augen, zu blöd.

»Vielleicht passiert das auch«, versuchte Olivia sie zu trösten.

Laura schüttelte den Kopf. »Das passiert nie und nimmer. Nicht in hundert Jahren. Du solltest mal hören, wie Mama über Papa redet. Sie haben total verschiedene Ansichten. Ich frage mich, warum sie überhaupt mal geheiratet haben.«

»Tja, Gegensätze ziehen sich eben manchmal an«, murmelte Olivia. »Ich finde es auch spannend, wenn jemand ganz anders ist.« Sie bekam dabei einen verträumten Blick.

»Meinst du jemanden Bestimmtes?«, hakte Laura nach.

Olivia wollte erst nicht mit der Sprache herausrücken, doch dann erzählte sie, dass im Nachbarhaus eine neue Familie eingezogen war. Zu ihr gehörte ein etwa fünfzehnjähriger Junge, Severin. Olivia hatte zwar noch kein Wort mit ihm gesprochen und Severin immer nur von Weitem gesehen, aber sie war schwer verknallt in ihn.

Olivia erzählte, dass sie Bauchschmerzen hatte, wenn er zur Haustür herauskam und auf sein Fahrrad stieg. Und nachts konnte sie kaum schlafen, sondern malte sich aus, wie es wäre, ihn anzusprechen. Und dann bekam sie wieder Bauchweh und musste aufs Klo.

»Bist du sicher, dass du nicht dieses Magen-Darm-Dings hast?«, fragte Laura. »Vielleicht hast du dich bei deiner Schwester angesteckt.«

Olivia verdrehte die Augen. »Das ist Liebe, Laura. Aber davon hast du ja keine Ahnung.«

»Ich hab im Moment ganz andere Probleme«, rutschte es Laura heraus.

»Ich hab doch gewusst, dass etwas los ist!«, meinte Olivia. »Jetzt erzähl schon!«

Laura zögerte. Sie dachte kurz an den Zettel und an die Warnung, niemandem etwas von dem Geheimnis zu erzählen.

Aber Olivia war ihre beste Freundin und würde schweigen wie ein Grab. »Ich … hatte heute Nacht einen merkwürdigen Traum. Unser Kater Samson konnte sprechen, und statt mit dem Auto bin ich in einer Kutsche zur Schule gefahren. Aber das war eine ganz andere Schule, und im Sportunterricht sollten wir Schweben üben. Ich hab jämmerlich versagt. Und ja, die Lehrerin sah aus wie meine Mutter, nur jünger.«

Olivia kicherte. »Cooler Traum.«

»Es kommt noch besser.« Laura wurde mutiger. »Die Dusche bestand aus einem Elefantenrüssel, und an den Ohren konnte man die Temperatur einstellen. Und ich musste pinkfarbene Pantoffeln tragen, die einfach mit mir zu den einzelnen Unterrichtsräumen gelaufen sind. Ich konnte gar nichts dagegen machen.«

Olivia hielt sich den Bauch vor Lachen. »Hör auf, Laura, ich mach mir gleich in die Hose. Was hast du denn gestern Abend gegessen, dass du so ein komisches Zeug geträumt hast?«

Laura musste mitlachen. In diesem Moment war sie

überzeugt davon, dass das verrückte Abenteuer wirklich nur ein äußerst lebhafter Traum gewesen war. Am besten war es, darüber zu lachen und sich keine Gedanken zu machen.

Mamas neuer Freund

Die Woche verging wie im Flug – ohne besondere Vorkommnisse. Alles war wie immer. Mama hatte wenig Zeit. Laura musste sich darum kümmern, dass Elias seine Hausaufgaben machte und nicht zu viel am Computer spielte. Amy wusch die Vierzig-Grad-Wäsche zu heiß, und Mama telefonierte wütend mit der Herstellerfirma, worauf Amy ein Update bekam und die Firma die geschrumpfte Wäsche ersetzte.

Am Mittwoch prügelte sich Elias mit einem Klassenkameraden, und beide landeten im Krankenhaus. Mama musste früher Schluss machen, um Elias in der Notaufnahme abzuholen. Er war an der Stirn genäht worden und hatte jetzt ein Pflaster. Der andere Junge hatte eine gebrochene Nase und vielleicht eine Gehirnerschütterung, man behielt ihn zur Beobachtung im Krankenhaus. Elias' Klassenlehrer rief an und wollte, dass einer der Erziehungsberechtigten am Donnerstag in seine Sprechstunde kam. Mama verstand es, diese unangenehme

Aufgabe auf Papa abzuwälzen, obwohl Elias Papa am Wochenende fast nie besuchte. Denn in der alten Villa hatte er Computerverbot.

Laura bekam das Telefongespräch zwischen ihren Eltern mit, als sie gegen zehn Uhr abends noch einmal aufs Klo ging. Die Schlafzimmertür stand ein Stück offen. Mama hatte den Lautsprecher auf »laut« gestellt, weil sie sich gerade die Fingernägel lackierte und die Hände frei haben wollte. Normalerweise wäre jetzt Papas Kopf als Hologramm erschienen, aber Papa hatte keinen entsprechenden Anschluss. So blieb nur seine Stimme.

Papa: »Der Klassenlehrer sagt, Elias sei verhaltensgestört und es würde immer schlimmer mit ihm.«

Mama: »Der Lehrer hat keine Ahnung. Er ist eine pädagogische Null. Gerade mal fünfundzwanzig, frisch von der Uni. Von Kindern hat er keinen Schimmer.«

Papa: »Nimmt Elias die Tabletten, die ihm der Arzt verschrieben hat?«

Mama: »Herrje, Peter, du weißt ganz genau, dass man nicht alle Probleme mit Tabletten lösen kann.«

Papa: »Also nimmt er seine Tabletten nicht. Warum denkst du immer, dass du schlauer als die Ärzte bist? Du hast Physik studiert, nicht Medizin.«

Mama: »Die Tabletten haben Nebenwirkungen, und ich will nicht, dass Elias aussieht wie eine Qualle. Er wird in der Schule schon genug gemobbt.«

Papa: »Aber Gewalt ist keine Lösung.«

Mama: »Hast du einen besseren Vorschlag? Außerdem musst du dich ja nicht mit ihm rumärgern. Ich habe die ganze Arbeit mit ihm. Du bist fein raus und kannst den ganzen Tag an deinen alten Möbeln rumsägen, während ich das Geld für die Familie verdienen muss. Im Übrigen habe ich die Sache mit den Medikamenten mit dem Arzt abgesprochen.«

Laura hielt sich die Ohren zu. Sie wusste, wie es weiterging. Mama hielt Papa vor, dass er ein Träumer war. Und dass sie das Geld für ihn mitverdienen musste, weil sonst sein Kühlschrank leer bleiben würde.

Sie ging wieder in ihr Zimmer, legte sich ins Bett, schaltete die magische Laterne ein, die so schöne Bilder an die Wand warf (ein Geschenk von Papa), und stellte sich vor, wie es wäre, wenn ihre Eltern wieder zusammenkommen würden. Sie würden alle in der alten Villa wohnen und im Garten frühstücken. Samson hätte endlich Auslauf und müsste nicht nur von einem Zimmer ins andere schleichen. Sie könnten noch mehr Tiere halten und würden viele Dinge gemeinsam unternehmen … Laura lächelte bei der Vorstellung. Dann fiel ihr ein, wie die Wirklichkeit aussah. Wütend knipste sie die Lampe aus und starrte in die Dunkelheit.

»Ich hoffe, ihr benehmt euch anständig«, sagte Mama zu Laura und Elias. »Ich will, dass ihr einen guten Eindruck macht!«

Elias nickte bereitwillig, und Laura witterte, dass ihre Mutter ihn mit Geld oder einem neuen Computerspiel bestochen hatte.

Am Freitagabend würde Mamas Chef zum Essen kommen. Seinetwegen war Lauras Besuch bei Papa verschoben worden, sie durfte erst am Samstagvormittag zu ihm. Laura verabscheute Dr. Bernd Asshoff jetzt schon. Sie nahm sich vor, richtig zickig zu ihm zu sein.

Mama schien Lauras Gedanken zu ahnen, denn sie runzelte die Stirn, und ihre Augen funkelten. Laura machte ein trotziges Gesucht.

»Ich werde deine Besuche bei Papa streichen, wenn du uns den Abend verdirbst«, sagte Mama warnend.

Das war ungefähr das Schlimmste, was Laura passieren konnte. Die Wochenendbesuche waren ein Lichtblick während der öden Woche. Die Aussicht auf die Besuche halfen ihr, die Diskussionen mit Mama und Elias' anstrengendes Verhalten zu ertragen.

»Okay«, murmelte Laura.

Begeistert war sie trotzdem nicht. Sie hoffte insgeheim, irgendetwas möge passieren, damit dieser Besuch nicht zustande kam.

Mama war ganz nervös wegen der Einladung. Sie programmierte nach der 888-seitigen Anleitung (das meiste davon war in fremder Sprache) Amy auf »Gourmet-Menü kochen« um und ließ den Haushaltsroboter sicherheitshalber ein Testessen zubereiten. Laura konnte beobachten, wie es im Innern der Maschine ratterte. Es war für Amy die bisher größte Herausforderung. Während in ihrem Flashspeicher die Daten hin und her hüpften, flackerten Amys Augen rot.

»Jetzt bestellt sie!«, rief Mama aufgeregt, als auf Amys Brust-Display die Schrift »Datenausgang aktiv« aufleuchtete.

Und richtig, zwanzig Minuten später läutete ein Kurier und brachte eine große Papiertüte mit Lauchstängeln, Karotten, Zwiebeln, gefrorenem Fischfilet und vielem mehr.

Jetzt war Laura doch neugierig. Bisher hatte Amy nur einfache Gerichte gekocht, und diese schmeckten meistens so langweilig, dass Mama lieber auf einen Bio-Lieferservice zurückgriff oder die gute alte Mikrowelle benutzte.

Amy verstaute die Einkäufe ordentlich im Kühlschrank. Das konnte sie wirklich gut. Dann griff sie ins Eierfach, holte sechs Eier heraus, und eine Viertelstunde später waren die leckersten Spiegeleier fertig, die die Familie je gegessen hatte.

Mama war dennoch unzufrieden. »Das war nicht das, was ich mir vorgestellt hatte. Ich glaube, ich werde Amy gegen ein neueres Roboter-Modell umtauschen. Wie gut, dass wir sie nur geleast haben.«

»Aber Amy hat super Spiegeleier gemacht«, nahm Laura den Roboter in Schutz. Klar nervte Amy manchmal, aber Laura hatte sich an ihre Macken gewöhnt. Und die neueren Roboter waren nicht unbedingt besser, nur teurer.

»Ich will Bernd morgen aber keine Spiegeleier auftischen!«

An dem heftigen Tonfall merkte Laura, wie angespannt ihre Mutter war. *Na klar, für Bernd nur das Beste*, dachte Laura spöttisch. Andererseits, wenn die Beziehung an einem Abendessen scheiterte, schien die Bindung ja noch nicht sehr fest zu sein. Laura schöpfte wieder Hoffnung, besonders, als Mama überlegte, ob sie nicht selbst kochen sollte.

»Ja, versuch es doch!«, redete Laura ihr zu.

Mama hasste Kochen und kochte noch schlechter als Amy. Sie würde das Essen bestimmt versalzen oder anbrennen lassen und Bernd damit in die Flucht schlagen. Laura jubelte innerlich, aber nachdem Mama ungefähr zweihundert Rezepte im Internet durchgesucht und sich mehrere Kochvideos angesehen hatte, gab sie ihre Idee leider auf.

»Das wird nichts. Ich habe einfach keine Übung in solchen Dingen.«

»Papa könnte für uns kochen«, schlug Laura vor. »Das kriegt er bestimmt hin. Und es wäre doch schön, wenn wir alle zusammen essen würden.«

Mama blickte Laura an. »Hast du noch alle Tassen im Schrank? Papa und Bernd zusammen – das geht gar nicht!«

»Ach nee«, spottete Laura. »Und warum nicht? Du regelst doch sonst immer alles so vernünftig.«

»Bernd und Peter …«, setzte Mama an, aber dann fuhr sie wütend fort: »Du verstehst davon nichts! Es geht nicht, und damit basta! Und ich bestelle jetzt etwas beim besten Restaurant der Stadt.« Sie sah sich suchend nach dem Telefon um und wollte den Raum verlassen.

»Warum gehst du da nicht gleich mit deinem Bernd hin?« Laura lief ihr nach. »Dann müssten Elias und ich nicht dabei sein.«

»Darum geht es ja.« Die Mutter drehte sich nach ihr um. »Er will euch kennenlernen. Das ist ein ganz wichtiger Schritt.«

Laura verdrehte die Augen und verzog sich in ihr Zimmer. Die Tür blieb angelehnt, und so konnte sie hören, wie Mama telefonierte. Sie ließ sich ausführlich beraten und bestellte dann ein Menü für vier Personen. Es sollte am kommenden Tag um 18 Uhr geliefert werden.

»Bitte pünktlich«, schloss Mama das Telefonat.

Laura grübelte in ihrem Zimmer. Bernd würde eine halbe Stunde später erscheinen. Also hatte Mama noch Zeit, das Essen auszupacken, auf Teller zu verteilen und danach als »selbst gekocht« auszugeben … Trick durchschaut!

»Kann mir ja egal sein«, murmelte Laura und zog unter ihrer Matratze das Buch *Alice im Wunderland* hervor, um es zum achten Mal zu lesen.

»Du musst Laura sein! Freut mich sehr!«

Dr. Bernd Asshoff war Laura vom ersten Moment an unsympathisch. Klar, sie war ja auch voreingenommen. Er war ein hochgewachsener Mann von fast 1,90 Metern und sehr schlank. Er hatte graues, lockiges Haar und trug einen türkisfarbenen Anzug, der ihn noch blasser machte, als er ohnehin schon war. Laura schätzte ihn auf Anfang vierzig, wobei die grauen Haare ihn älter erscheinen ließen.

Sein Händedruck war weich und warm, und Laura kämpfte gegen den Impuls an, ins Bad zu rennen und sich die Hände gründlich mit Seife zu waschen.

»Und du musst Elias sein!«

»Nein, ich bin der Weihnachtsmann«, antwortete Elias und handelte sich einen strengen Blick von Mama ein.

Dr. Asshoff aber lachte gekünstelt. »Du scheinst ja ein lustiger Bursche zu sein!«

Wart's ab, wenn der *lustige Bursche* erst richtig loslegt!, dachte Laura.

Asshoff hatte einen Strauß rote Rosen mitgebracht, und Mama suchte in der Küche nach einer Vase. Vor lauter Nervosität öffnete sie die falschen Schranktüren. Amy nahm ihr schließlich den Strauß ab, surrte umher, öffnete einen Unterschrank, fand eine passende Vase und füllte sie mit Wasser. Dann surrte sie zum Esszimmer und stellte die Vase mit den Rosen in der Mitte des gedeckten Tisches ab. Es sah wunderschön aus.

»Perfekt!«, sagten Asshof und Valerie wie aus einem Mund und strahlten sich an.

Dr. Asshoff durfte Platz nehmen, und Mama setzte sich ihm gegenüber. Auch Elias lümmelte sich auf einen Stuhl, während Laura Amy beim Servieren zur Hand gehen sollte. Mama traute der Programmierung nicht.

Aber Amy benahm sich vorbildlich. Sie brachte die köstliche Suppe, ohne etwas zu verschütten, sie schenkte die Getränke ein, räumte die benutzten Teller ab und brachte den nächsten Gang. Es war, als hätte sie nie etwas anderes gemacht, als mehrgängige Mahlzeiten zu servieren.

Genau wie Laura es erwartet hatte, verriet ihre Mutter mit keinem Wort, dass sie das Essen bestellt hatte. Asshoff aß mit gutem Appetit, murmelte immer wieder »Köstlich, köstlich!« und sprach dem Wein reichlich zu.

Laura beobachtete ihn genau. War er vielleicht ein verkappter Säufer? Sie traute ihm nicht über den Weg. Sie empfand seine Freundlichkeit als aufgesetzt. Wer weiß, wie er wirklich war? Möglicherweise quälte er Kinder, wenn er sich unbeobachtet fühlte. Laura konnte ihr Unbehagen kaum unterdrücken.

Amy servierte den Nachtisch. Es gab Mousse au Chocolat. Die Schokoladencreme schmeckte unglaublich lecker, aber Mama hatte bei ihrer Auswahl nicht bedacht, dass Elias bei Schokolade immer ausrastete. Der Arzt hielt es für eine Art Nahrungsunverträglichkeit. Die Schokolade schien Elias' Bewegungsdrang und Aggressivität zu vervielfachen.

Zehn Minuten später ging es los. Elias war fertig und sprang so heftig auf, dass sein Stuhl nach hinten kippte und auf den Boden knallte. Asshoff zuckte zusammen und wurde noch ein Stück bleicher, falls das überhaupt möglich war.

Wie ein Vampir, dachte Laura. Er wird uns alle aussaugen.

»Elias!«, sagte Mama scharf.

Aber Elias versetzte der Stuhllehne noch einen Kick und rannte aus dem Zimmer. Rumms, die Tür war zu. Asshoff zuckte wieder.

»Entschuldige, Schatz«, sagte Mama zu ihrem Chef. »Das liegt an seiner Krankheit, weißt du.«

Schatz sah nicht besonders begeistert aus, und Laura frohlockte insgeheim.

»Es ist meine Schuld, ich hätte keine Mousse be–… machen sollen«, fuhr Mama fort und wurde rot. Laura war sich nicht sicher, ob es an der Lüge lag oder daran, dass sich Mama ärgerte.

Jetzt strich Valerie Lilienstedt sanft über Asshoffs Arm. »Wollen wir nicht in den Salon gehen, Schatz?«

Es heißt *Wohnzimmer*, hätte Laura am liebsten gerufen.

Einen Salon gab es bei Papa in der Villa, und selbst da nannten sie den Raum nur spaßhaft so. Es war ein grüner

Salon, weil dort eine hässliche grüne Couch stand, die Papa vor dem Sperrmüll gerettet hatte. Sie war aber sehr bequem, und Papa machte darauf gern ein Mittagsschläfchen. Dann gab es in dem Salon noch ein Tischchen mit geschwungenen Beinen. Es war meistens bedeckt mit Zeitungen. Papa las die Nachrichten nie auf seinem Tablet, sondern bevorzugte die altmodische Form.

»Wenn ich sie ausgelesen habe, lässt sich noch viel damit anfangen«, behauptete er. »Feuer machen beispielsweise. Oder man kann einen Drachen daraus basteln.«

Jaaaa.... Pappmaché war etwas Herrliches, bei dem man sich immer richtig einsaute. Laura riss mit Begeisterung die Zeitungsbögen in kleine Fetzen. Papa weichte sie in einem Eimer mit Wasser ein und gab Tapetenkleister dazu. Und dann musste man kneten und kneten, bis ein geschmeidiger grauer Papierbrei entstand, den man nach Belieben formen konnte. Die so entstandenen Werke musste man ein paar Tage trocknen lassen, bis man sie bemalen konnte. Selbst Elias machte bei solchen Aktionen begeistert mit. Er sah danach immer aus wie ein Schwein.

Laura konnte sich nicht vorstellen, dass Asshoff in einer alten Schürze vor einem Eimer kniete und bis zu den Ellbogen in der Pampe herumrührte. Wahrscheinlich hatte er seit zwanzig Jahren keine Zeitung mehr angerührt.

»Können Sie Pappmaché machen?«, fragte Laura, als sie im Wohnzimmer saßen, Mama und Schatz auf der Couch und Laura auf einem Sessel gegenüber. Amy servierte Wein für die Erwachsenen und Saft für Laura und den nicht anwesenden Elias. Dazu gab es Knabbergebäck, das sonst bei Mama nie auf den Tisch kam.

»Du liebe Güte, was ist das?«, fragte Asshoff und zückte sofort sein Tablet. »Ich habe den Ausdruck noch nie gehört. – *Was ist Pappmaché*?«, fragte er das Gerät.

Eine sexy Frauenstimme gab ihm die Antwort, und wenn man ihr lauschte, konnte man meinen, sie würde ihn gleich zu sich ins Schlafzimmer einladen. Dabei erklärte sie nur den Begriff. Laura konnte sich das Lachen kaum verbeißen. Wenn man die Sprachfunktion nutzte, konnte man unter verschiedenen Stimmen wählen.

»Mein Assistent muss wieder an meinem Tablet herumgespielt haben«, murmelte Asshoff und schaltete schnell auf eine nüchterne Männerstimme um. Dann lächelte er Laura an.

»Pappmaché habe ich noch nie gemacht, aber wenn du willst, kann ich dir feinen, weißen Ton besorgen. Meine jüngere Schwester hat einen Brennofen, weil sie mit einer Kindergruppe arbeitet. Es ist also kein Problem, deine Kunstwerke zu brennen.«

»Danke«, sagte Laura. »Wir haben in der Schule auch einen Brennofen.«

»Na dann …«

Eine Pause trat ein. Asshoff hatte das Tablet auf den Tisch gelegt und knetete seine Finger. Das Gerät gab ein Signal von sich.

»Du kannst die Nachricht gerne lesen, Schatz«, sagte Mama. »Vielleicht ist sie wichtig.«

»Entschuldige.« Asshoff stand auf, schnappte sich das Tablet und ging hinaus in den Flur. Dort hörten sie ihn telefonieren.

Mama lächelte Laura an. »Wie findest du ihn?«

Zum Kotzen.

Laura zuckte mit den Schultern.

»Er ist doch sehr nett«, meinte Mama.

»Hat er Kinder?«, fragte Laura.

»Nein.«

»Das merkt man, sonst hätte er nicht die bescheuerte Stimme eingestellt!«

»Aber sein Assistent hat doch …«

»Er lügt, merkst du das nicht?«

Mama wollte etwas sagen, aber da ertönte draußen im Flur ein Schmerzensschrei. Etwas fiel um. Dann stürmte Elias ins Zimmer.

»Er hat angefangen!«

Mama sprang auf. Asshoff kam herein, seine Miene war gequält. Vorwurfsvoll hob er die Hand.

»Er hat mich gebissen!«

»ELIAS!«

»Er hat mich festgehalten, als ich an ihm vorbeiwollte.

Dabei wollte ich nur aufs Klo, aber er hat mich nicht gelassen.«

»Weil ich gerade ein wichtiges Gespräch geführt habe«, verteidigte sich Asshoff. »Und er ist dabei an mein Tablet gestoßen. Absichtlich.«

»Gar nicht wahr!«, schrie Elias. »Er ist GEMEIN!«

Valerie Lilienstedt blickte von einem zum andern und schien nicht zu wissen, wie sie reagieren sollte. Laura war sich sicher, dass sie Elias normalerweise in Schutz genommen hätte. Sie nahm ihn immer in Schutz, egal, ob er kratzte, biss oder Laura würgte. Aber das würde bedeuten, Asshoff vor den Kopf zu stoßen. Und das ging nicht, denn schließlich war Asshoff Mamas neuer *Freund*. Und dummerweise auch noch ihr Chef.

»Wir … wir sollten uns erst mal alle beruhigen«, sagte Mama und lächelte, aber Laura sah, dass ihre Unterlippe leicht zitterte. »Elias, du kannst in dein Zimmer gehen und dein neues Computerspiel weiterspielen. Laura, möchtest du uns nicht erzählen, wie es heute in der Schule war?«

Sie setzten sich wieder, während Elias in sein Zimmer verschwand. Laura registrierte mit Genugtuung die tiefe Unmutsfalte auf Asshoffs Stirn.

»Welches Fach magst du denn am liebsten?« Asshoff wandte sich Laura zu und heuchelte Interesse.

Laura zuckte mit den Schultern. »Ich mag Sprachen gerne und Mathe und natürlich Kunst.«

»Und welchen Stoff habt ihr gerade?«

Bevor Laura antworten konnte, zirpte Asshoffs Tablet wieder. Jetzt bereitete es auch Mama sichtlich Mühe, freundlich zu bleiben, als ihr Freund zum zweiten Mal im Flur verschwand.

»Er könnte sein Ding ja auch mal ausschalten«, murmelte Laura und sprach wahrscheinlich das aus, was ihre Mutter in diesem Moment dachte.

»Es ist eben wichtig, dass er für die Firma immer erreichbar ist«, sagte Mama. »Aber manchmal nervt es etwas, da hast du recht.«

Und ob ich recht habe, dachte Laura. Vielleicht merkst du ja langsam, was für ein *Asshole* er ist.

»Ich glaube, es war noch zu früh, dass ich ihn euch vorgestellt habe.« Mama seufzte. »Wir hätten besser in ein Restaurant gehen sollen.«

»Ja, und ich wäre jetzt lieber bei Papa«, rutschte es Laura heraus. Sie zog die Beine hoch, umschloss ihre Knie und machte ein finsteres Gesicht. Ein total verkorkster Abend!

Das merkte Asshoff offenbar auch, denn als er ins Zimmer zurückkam, sagte er mit bedauernder Miene: »Valerie, es tut mir unendlich leid, aber ich muss jetzt noch einmal in die Firma. Wir holen diesen Abend nach, versprochen!«

»Bloß nicht«, brummte Laura, aber so undeutlich, dass die anderen sie nicht verstanden.

Asshoff verabschiedete sich von Laura, und Mama begleitete ihn zur Tür. Laura ging in ihr Zimmer und boxte ihr Kopfkissen, um ihre Stinkwut loszuwerden. Wie konnte sich ihre Mutter in so einen Mann verlieben? Wenn sie nur eine Möglichkeit hätte, in Mamas Kopf zu kriechen und dort einen Schalter umzustellen, damit Mama ihren Chef fortan ganz doof fand!

»Asshoff ist ein Blödmann!«, sagte Laura und versetzte ihrem Kopfkissen einen Stoß, dass es quer durchs Zimmer flog.

Die Überraschung

Die Wirkung der Mousse au Chocolat hielt auch noch am nächsten Morgen an. Elias tobte wie ein Verrückter und benahm sich so unmöglich, dass Amys Arbeitsspeicher überlastet wurde. Sie hatte sich eine Weile Elias' Befehle angehört, aber so schnell konnte sie gar nicht reagieren, wie er sie änderte. Schließlich stand Amy nur mit blinkenden roten Augen da, und Mama versuchte vergebens, den Haushaltsroboter neu zu starten. Laura merkte, dass ihre Mutter kurz vor dem Ausrasten war, und beeilte sich, aus dem Haus zu kommen. Sie atmete auf, als sie in dem fahrerlosen Auto saß, das sie zu ihrem Vater brachte.

Papa war hinten im Garten und dabei, eine Bank abzuschleifen. Laura roch den vertrauten Duft von Holz und fühlte sich gleich besser.

»Hallo, Papa!« Sie gab ihm einen Kuss auf die Wange.

Er strich sich mit der schmutzigen Hand übers Gesicht. »Hallo, mein Schätzchen! Lust auf Frühstück?«

Laura hatte zwar schon bei Mama ihre Schale mit Vitaminmüsli gegessen, während Elias um sie herumgetobt war und geschrien hatte, dass die Wände wackelten. Deswegen hatte Laura jetzt nichts gegen ein weiteres Frühstück einzuwenden, das diesmal wesentlich gemütlicher zu werden versprach.

»Ich habe Schokocroissants geholt«, verriet Papa augenzwinkernd. »Du musst in der Küche nur die Milch warm machen und bitte auch die Kaffeemaschine einschalten. Wollen wir auf der Terrasse frühstücken? Das Wetter ist herrlich.«

So saßen die beiden wenig später einträchtig auf der Terrasse. In der Tischmitte stand ein Körbchen mit den köstlichen Croissants, und jeder hatte eine Tasse vor sich. Die Sonne malte Kringel auf die hölzerne Tischplatte. In den Bäumen sangen die Vögel. Ein frecher Spatz hatte schnell gemerkt, dass es hier etwas Leckeres gab, und flatterte herbei, um ein paar Krümel abzukriegen.

Laura seufzte vor Behagen. »Ich könnte ewig hier sitzen.«

Papa lachte leise. »Ich weiß schon, warum ich so gerne in der Villa wohne.« Er griff nach einem weiteren Croissant. »Gibt es etwas Neues?«

Laura überlegte einen Augenblick, dann holte sie tief Luft. »Mama hat gestern Abend ihren Freund zum Abendessen eingeladen.«

»Lass mich raten. Du kannst ihn nicht ausstehen.«

»Woher weißt du das?«

»Schließlich kenne ich dich schon dreizehn Jahre lang. Du kannst mir nichts vormachen.«

»Das Essen ging total in die Hose. Zum Nachtisch gab es Mousse au Chocolat, und Elias ist ausgerastet.«

»Deine Mutter hat doch nicht etwa gekocht?«

»Nein, sie hat nur so getan. Sie hat das Essen vorher kommen lassen.«

»Was macht er denn so, ihr Freund? Beruflich, meine ich.«

»Er ist ihr Chef.«

»Oh.« Papa verstummte.

»Ja, ich weiß, das ist ziemlich blöd«, murmelte Laura und warf dem Spatz einen Krümel zu. Der Vogel war so zutraulich, dass er fast auf ihren Fuß hüpfte. Laura lachte.

»So ein kleiner Schelm!« Jetzt lachte Papa auch. Dann sah er Laura an. »Übrigens habe ich heute Nachmittag eine Überraschung für dich.«

»Eine Überraschung? Was denn?«

»Das verrate ich nicht. Sonst wäre es ja keine Überraschung mehr.« Papa kippte alle Krümel von seinem Teller auf den Boden. Sogleich flogen vier andere Spatzen herbei und stürzten sich auf das Futter.

Nach dem Frühstück spülte Laura in der Küche das Geschirr. Papas Spülmaschine war schon ewig kaputt. Ihr Vater arbeitete an der Bank weiter und pfiff dabei fröhlich vor sich hin.

Als Laura fertig war, stieg sie die Wendeltreppe hoch in ihr Zimmer. Sie legte ihren Rucksack ab und drehte sich mit ausgebreiteten Armen um sich selbst. Hier war ihr Zuhause, hier war sie glücklich. Jedes Mal hatte sie das Gefühl, dass ihr dieser Ort Kraft gab. Und das lag nicht nur daran, dass Elias nicht hier raufdurfte.

Als ihr von der Dreherei schwindelig wurde, ließ sich Laura auf ihr Bett fallen. Sie schloss einen Moment die Augen. Dann öffnete sie sie wieder, sah die Ottomane mit dem roten Samtbezug und das verschnörkelte Bücherregal und fühlte sich wie der reichste Mensch auf Erden.

Schließlich stand sie auf, um ihre Sachen auszupacken. Die goldene Taschenuhr hatte sie auch mitgenommen, aus Angst, Elias könnte ihren Nachttisch durchsuchen. In seinem jetzigen Zustand war ihm alles zuzutrauen. Jetzt steckte die Uhr sicher in einem Seitenfach ihres Rucksacks.

Laura zog ein Buch, das sie noch nicht gelesen hatte, aus dem Regal und ging wieder nach unten. Im hinteren Teil des Gartens war eine Hängematte zwischen zwei Bäumen gespannt. Papa hatte bereits einige Kissen hineingelegt und auch eine Tüte Gummibärchen. Gummibärchen waren bei Mama absolut verboten. Laura musste lächeln und machte es sich in der Hängematte bequem. Wenig später war sie eingetaucht in eine Welt der Elfen und Gnome und hatte alles um sich herum vergessen.

»Oh, du siehst aber fein aus!«

Papa hatte einen Anzug an und trug sogar eine Krawatte. Das kam nur ganz selten vor. Aber für die »Überraschung« hatte er sich schick gemacht und auch Laura aufgetragen, ihre abgeschnittenen fransigen Jeans und ihr angeschmuddeltes T-Shirt gegen etwas anderes einzutauschen. Laura wählte einen kurzen Rock und ein türkisfarbenes Glitzershirt, das sie von ihm zum Geburtstag bekommen hatte.

»Wohin gehen wir?«, fragte Laura, die es vor Neugier kaum mehr aushielt. Inzwischen war es Samstagnachmittag, und Papa hatte immer noch nicht verraten, worin die Überraschung bestand.

»Lass dich überr–«

»Nein, jetzt will ich es endlich wissen!« Laura stampfte mit dem Fuß auf.

»Na gut. Ich habe dich lange genug auf die Folter gespannt.« Papa grinste. »Wir gehen ins Theater.« Er griff in die Innentasche seines Jacketts und zog zwei Karten hervor, die er Laura reichte.

»Frau Holle – Ein Märchenspiel«, las Laura. Enttäuschung stieg in ihr auf. »Och, Papa. Das ist doch was für kleine Kinder.«

Ihr Vater schüttelte den Kopf. »Nein, nicht nur. Es ist eine wunderbare Aufführung. Ich habe einige Teile für das Bühnenbild beigesteuert, deswegen habe ich auch Freikarten bekommen. Ich bin sicher, du wirst verzaubert sein.«

Wenn ihr Vater so etwas sagte, dann konnte sie sich darauf verlassen. Das wusste Laura. Und wenn er sich am Bühnenbild beteiligt hatte, dann würde es bestimmt außergewöhnlich schön sein.

»Okay, dann… lasse ich mich überraschen«, sagte Laura.

Sie fuhren mit dem Bus zum Theater. Weil sie ziemlich früh dran waren, mussten sie nicht in einer Schlange warten, sondern durften gleich in den großen Saal. Ein als Pierrot verkleideter Platzanweiser führte sie nach ganz vorne. Sie saßen in der ersten Reihe.

Laura strich über den roten Samt ihres Sitzes und fühlte sich an ihre Ottomane erinnert. Langsam füllte sich der Saal mit Besuchern, meistens Mütter mit ihren Kindern. Ab und zu war auch ein Vater dabei. Laura entdeckte kaum jemanden in ihrem Alter. Sie fing gerade an, sich unbehaglich zu fühlen, als sie plötzlich in der Menge Asshoff sah. Er schob langsam einen Rollstuhl den Gang entlang. In dem Rollstuhl saß ein Mädchen, das ungefähr so alt war wie Laura. Sofort begann in Lauras Kopf das Gedankenkarussell zu rattern. War das Asshoffs Tochter? Warum saß sie im Rollstuhl? Und hatte Mama nicht gesagt, dass Asshoff gar keine Kinder hatte? Oder war das Mädchen vielleicht seine Nichte, die Tochter von Asshoffs jüngerer Schwester?

Laura zupfte Papa am Ellbogen. »Guck mal, dort drüben«, flüsterte sie. »Das ist Mamas Freund.«

»Wo?«

»Dort drüben auf dem Gang, der Mann, der den Rollstuhl schiebt.«

»Ich weiß nicht, wen du meinst, Schätzchen. Außerdem gehört es sich nicht, die Leute so anzustarren.«

»Ich starre nicht«, murmelte Laura eingeschnappt.

Jetzt ertönte zum zweiten Mal ein Gong – das Zeichen, dass die Besucher ihre Plätze einnehmen sollten, weil gleich die Vorstellung begann. Es wurde ruhig im Saal.

Dann hob sich der rote Vorhang, begleitet von einer Melodie, die Laura an den bekannten Walzer aus *Drei Haselnüsse für Aschenbrödel* erinnerte. Die Bühne war zunächst schwarz. Wenig später ging langsam das Licht an, so als würde ein neuer Tag beginnen. Laura erblickte ein Bauernhaus, man hörte Hühner gackern und Schafe blöken. Schon kam ein fröhliches junges Mädchen mit blonden Zöpfen aus dem Haus, um die Tiere zu füttern.

Natürlich kannte Laura die Geschichte von der Goldmarie und der Pechmarie, aber trotzdem zog das Theaterstück sie in seinen Bann. Das Bühnenbild war wunderschön, und Lauras Vater machte sie auf die Dinge aufmerksam, die er gebaut hatte.

»Das Haus und den Zaun … Im zweiten Akt wirst du noch mehr sehen …«

Laura war ganz gebannt. Als Marie ihre Spule in den Brunnen fallen ließ und die böse Stiefmutter sie schimpfte, sie solle gefälligst hinterherspringen, knabberte Laura vor lauter Spannung an ihren Nägeln. Das Mädchen verschwand im Brunnen, und im Saal wurde es stockdunkel.

Die Finsternis dauerte kaum eine Minute, dann ging es mit dem zweiten Akt weiter. Die fleißige Marie trat mit sichtlicher Verwunderung aus einem Tor. Gleichzeitig sang ein unsichtbarer Chor:

»Verwende Chancen mit Bedacht
Und hab auf alles rundum acht.
Während der besond'ren Stunden,
wirst du vieles neu erkunden,
wirst auch manches neu entdecken
zu guten und zu bösen Zwecken.
Ein guter Rat: Hör auf dein Herz,
denn das erspart dir manchen Schmerz.«

Laura bekam eine Gänsehaut. Das Lied kam ihr bekannt vor. Woher nur? Nach einigen Augenblicken fiel es ihr ein: das Gedicht, das bei der Taschenuhr gelegen hatte! Der Text war zwar nicht identisch, aber einige Zeilen waren genau gleich. Verwirrt blickte sie von der Bühne zu ihrem Vater und wieder zurück. Die fleißige Marie hatte jetzt eine andere Welt betreten. Und sie, Laura, war auch in eine verrückte andere Welt gerutscht. Kannte ihr Vater das Lied? Hatte er etwas mit dem Gedicht zu tun? Hatte er es vielleicht sogar geschrieben und die Taschenuhr in dem Geheimfach des Sekretärs versteckt?

Laura war völlig durcheinander. Sie konnte sich in diesem Moment gar nicht mehr darauf konzentrieren, was auf der Bühne geschah. Wusste ihr Vater etwas über die Welt, in die Laura geraten war? Sie kniff die Augen zusammen.

Das kann nicht sein. Er ist kein Zauberer! Und keine normale Katze kann sprechen!

Wahrscheinlich wurde sie verrückt …

Papa zupfte sie am Ärmel. »Das Tor habe ich gebaut«, flüsterte er stolz. »Und den Backofen links in der Ecke.«

»Hast du auch die Taschenuhr in den alten Schreibtisch gelegt?«, fragte sie zurück.

»Was soll ich getan haben?«, erwiderte Papa.

Im gleichen Moment ertönte auf der Bühne eine laute Stimme: »Ach, zieh mich raus, zieh mich raus, sonst verbrenne ich! Ich bin schon längst ausgebacken!« Und aus dem Backofen stiegen weiße Wolken auf.

Während Marie beherzt das Brot aus dem Ofen zog, wagte Laura einen Blick nach hinten. Sie sah, wie Asshoff den Rollstuhl in Richtung Ausgang schob. War dem Mädchen das Stück zu langweilig? Oder musste es aufs Klo?

Die Schauspieler und der Intendant hatten sich viel Mühe gegeben. Wenn Frau Holle ihre Betten ausschüttelte, segelten im Publikumsraum kleine Wattebällchen von der Decke. Als die fleißige Marie zur Belohnung für ihre guten Taten beim Tor mit Gold überschüttet wurde, kam auch beim Publikum goldenes Konfetti von der Decke, was die Besucher mit einem bewundernden »Aaaahhhh!« kommentierten.

»Ich hoffe, sie bewerfen uns nicht mit Dreck, wenn die faule Marie ihre Bestrafung bekommt«, meinte Laura und pflückte zwei kleine Goldstreifen vom Ärmel ihres Vaters.

Papa lächelte nur. »Keine Sorge. Soviel ich weiß, fallen nur graue Wattebällchen herab.«

Die Aufführung war ein voller Erfolg. Ihr Vater hatte nicht zu viel versprochen, Laura war ganz beeindruckt. Als sie auf der Heimfahrt im Bus nebeneinandersaßen, sagte Laura: »Im Märchen wundert sich nie jemand, wenn der Sohn oder die Tochter heimkommt und erzählt, was er Wunderbares und Seltsames erlebt hat. Im wahren Leben müssten die Helden zum Psychiater.«

Papa lachte laut. »Da hast du wahrscheinlich recht.«

»Wenn ich dir erzählen würde, dass ich vor knapp einer Woche etwas ganz Merkwürdiges erlebt habe, würdest du mir dann glauben?«

»Es kommt darauf an.«

Laura holte tief Luft. »Also… die erste Merkwürdigkeit war, dass Samson sprechen konnte.«

»Das glaube ich dir aufs Wort«, sagte Papa sofort.

»Echt?«

»Ja, Katzen haben eine eigene Sprache. Wenn man sie

eine Weile kennt, dann weiß man sofort, wenn sie Hunger haben oder wenn sie rauswollen …«

»Das meine ich nicht«, sagte Laura mit Nachdruck. »Ich meine, er hat *wirklich* gesprochen.«

»Oh.«

Laura wurde aus ihrem Vater nicht schlau. Glaubte er ihr, oder glaubte er ihr nicht? Er starrte stumm geradeaus auf den Hinterkopf seines Vordermanns.

»Er hat echt gesprochen«, wiederholte Laura trotzig.

»Weißt du was?« Papa wandte den Kopf und grinste sie an. »Wenn er das nächste Mal spricht, dann nimmst du ihn auf und stellst das Video auf YouTube.«

Laura presste die Lippen zusammen. Es hatte keinen Sinn. Es drängte sie so sehr, über die Ereignisse in der anderen Welt zu reden, und Papa war der Einzige, bei dem sie sich getraut hätte. Aber nicht einmal er schien sie ernst zu nehmen. Laura war so enttäuscht, dass sie kein einziges Wort mehr sagte, bis sie aussteigen mussten.

»Bist du sauer auf mich, weil du gar nichts mehr sagst?«, fragte Papa.

»Nein«, log Laura. »Ich habe einfach keine Lust zu reden. Ich bin müde!«

»Schau mal, ein Maikäfer!« Papa deutete in die Luft. »Dieses Jahr habe ich schon einige gesehen. Und ich dachte, sie seien ausgestorben.«

»Interessiert mich nicht die Bohne«, brummte Laura schlecht gelaunt.

Ihre miese Stimmung hielt auch noch an, als sie zu Hause waren. Laura wollte kein Abendbrot, sondern verzog sich mit einer Flasche Wasser in ihr Zimmer. Sollte Papa doch allein mit sich Mensch-ärgere-dich-nicht spielen! Am liebsten wäre sie heim zu Mama gefahren, aber dann fiel ihr Asshoff ein. Sie warf sich auf ihr Bett und zog sich die Decke über den Kopf. In ihrem Leben lief nichts mehr glatt, überhaupt nichts!

Als Laura am nächsten Morgen in die Küche kam, war niemand zu sehen. Sie rief nach ihrem Vater, aber es kam keine Antwort. Einen Augenblick lang hatte Laura Angst, ihr Vater könnte seine Koffer gepackt haben und verreist sein. Dann kam sie auf die Idee, in der Werkstatt nachzusehen.

Dort fand sie ihn. Er war gerade damit beschäftigt, einige Holzteile zwischen anderen herauszuziehen. Laura erkannte das Tor, das sie gestern auf der Bühne gesehen hatte.

»Hast du das geklaut?«, rutschte es ihr heraus.

»Erst einmal guten Morgen, Laura.« Papa ächzte. »Nein, ich habe es nicht geklaut. Es war mein erster Versuch, und es ist für die Bühne etwas zu groß geraten. Deswegen habe ich gedacht, ich könnte es in den Garten stellen. Was hältst du davon? Es sieht bestimmt hübsch aus, wenn ich es mit Goldregen bepflanze.«

»Oh ja.« Laura nickte. Sie half ihrem Vater, das

schwere Tor in den Garten zu tragen. Dort legten sie es auf den Rasen und hielten nach einem geeigneten Platz Ausschau.

»Ich will eine Bank unter den Torbogen stellen«, sagte Papa. »Und zwar die, an der ich gestern gearbeitet habe.«

»Gute Idee.«

Sie entschieden sich für einen Platz zwischen zwei Haselnusssträuchern. Es war ein Ort, den Laura schon immer für verwunschen gehalten hatte. Hier hatte sie sich früher versteckt, wenn Elias zu anstrengend wurde oder Mama etwas von ihr gewollt hatte.

Im Haus läutete das Telefon. Laura wollte hinrennen, aber Papa schüttelte den Kopf. »Lass nur. Wer etwas von uns will, der ruft noch einmal an.«

Gemeinsam stellten sie das Tor auf. Später würde Papa die Pfosten noch sichern, damit das Tor nicht umfallen konnte.

»Aber jetzt erst einmal frühstücken«, verlangte er.

Sie aßen wieder auf der Terrasse, und Laura dachte mit Bedauern daran, wie schnell die Zeit verging. In ein paar Stunden musste sie schon wieder zu Mama zurück …

Das Telefon läutete erneut. Papa verzog das Gesicht. »Scheint wichtig zu sein.« Er stand auf und ging ins Haus. Wenig später kam er zurück.

»Es war Valerie. Sie hat gefragt, ob du noch einmal bei mir übernachten kannst und ich dich morgen zur Schule bringe. Sie will mit Elias gleich in der Früh zum Arzt.«

Laura strahlte. »Jippie, ich kann länger bleiben!« Dann wurde sie ernst. »Was ist denn mit Elias?«

»Das Übliche.«

»Hm.« Laura dachte an ihren Bruder. Sosehr er sie nervte, er tat ihr auch leid. Es musste schlimm sein, ein solches Chaos im Kopf zu haben. In manchen Momenten war er ganz friedlich, und dann konnte man sich richtig gut mit ihm unterhalten. Aber wenn er wieder ausrastete, war es ungeheuer anstrengend für alle. Und wenn er aggressiv wurde, dann konnte man sich als Schwester nur in Sicherheit bringen.

»Was unternehmen wir heute den lieben langen Tag?«, wollte Papa wissen.

Laura überlegte. »In den Zoo vielleicht?«

Am Abend fiel Laura todmüde, aber zufrieden ins Bett. Sie hatten stundenlang den Affen zugesehen, Erdmännchen beobachtet und die neuen Echsen im Reptilienhaus betrachtet. Papa schenkte ihr die Patenschaft für ein neugeborenes Erdmännchen-Mädchen. Das Kleine hieß jetzt Laura, nach ihrer Patin. Laura freute sich riesig, hatte gleichzeitig ein schlechtes Gewissen, weil Papa ihretwegen so viel Geld ausgegeben hatte. Sie wusste ja von Mama, dass er kaum über die Runden kam.

Als sie im Bett lag, musste sie an die achteckige Taschenuhr denken. Wenn sie aus echtem Gold war, durfte sie diesen Fund einfach behalten? Laura wurde so unruhig, dass sie ihre Beine über die Bettkante schwang und überlegte, ob sie nicht noch einmal runtergehen und Papa von der Uhr erzählen sollte. Aber sie konnte sich nicht dazu entschließen. Die beiden letzten Zeilen des Gedichts spukten immer noch in ihrem Kopf herum.

Damit dein Glück nicht bald zerbricht,
verrate dein Geheimnis nicht!

»Ich erzähle ihm morgen beim Frühstück von der Uhr«, murmelte sie und legte sich ins Bett zurück. Wenig später stand sie noch einmal auf und vergewisserte sich, dass die Uhr nach wie vor im Seitenfach ihres Rucksacks steckte.

»Okay.«

Alles war in Ordnung. Sie konnte sich wieder hinlegen.

Es war elf Uhr.

Den ganzen Tag hatte Laura versucht, nicht an den achten Tag zu denken. Aber natürlich hatte das nicht funktioniert. Der Gedanke war ständig in ihrem Kopf wie ein Ohrwurm, den man nicht loswird. Trotz Patenschaft. Trotz der Schimpansen.

Nur noch eine halbe Stunde bis Mitternacht.

Noch zehn Minuten.

Noch zwei.

Noch eine halbe Minute.

Noch zehn Sekunden.

Fünf.

Zwei.

Eine.

Das Bett schien kurz zu schwanken.

Nichts passiert!, dachte Laura erleichtert und setzte sich auf die Kante.

Ihre Füße berührten keinen Boden.

Schräg unter ihr leuchtete eine Taschenlampe. Und da war auch eine Gestalt, die auf der unteren Etage eines Stockbetts hockte und auf ihre geöffnete Hand starrte.

Merle.

Laura bewegte sich nicht. Sie war schockiert. Obwohl sie wach geblieben war, war es wieder geschehen. Der achte Tag. Sie befand sich in dem Vierbettzimmer, im Schloss der Ewigkeit.

Und wahrscheinlich würde es wieder und wieder passieren, in jeder Nacht zwischen Sonntag und Montag …

Laura wusste nicht, ob sie lachen sollte oder weinen. Einerseits war die Welt des achten Tages so anders und so verrückt, dass sie gern mehr darüber erfahren würde. Andererseits machte es sie fast wahnsinnig, dass sie niemandem von ihren Abenteuern erzählen konnte.

»Sachte, kleiner Schmetterling«, murmelte Merle und neigte ihren Kopf tiefer zu ihrer Hand.

Laura strengte ihre Augen an und sah, dass ein Falter

auf Merles Handfläche saß. Das Gemurmel wurde undeutlich, sodass Laura die Ohren spitzen musste, um Merles Worte zu verstehen.

»Deine Entwicklung hat als Falter geendet,
aber pass auf: Wenn jetzt die Zeit sich wendet,
kehrst du erst in deinen Kokon zurück
und versuchst zuletzt als Raupe dein Glück.«

Was tat Merle da? Versuchte sie wirklich, die Zeit umzukehren?

Jetzt sah Laura, dass das Licht von Merles Handy kam. Sie hatte es so auf ihr Kissen gelegt, dass es ihre Hand mit dem Schmetterling beleuchtete. Laura sah, wie der Falter schwankte. Sie hielt den Atem an. Würde es Merle tatsächlich gelingen, den Schmetterling zurück in das Stadium der Verpuppung zu verwandeln? Oder gar in eine Raupe?

Doch der Falter fiel um und rührte sich nicht mehr.

»Mist!«, zischte Merle. Dann merkte sie, dass Laura sie beobachtete. Sie ließ den toten Falter auf den Boden fallen und war mit einem Satz bei Laura.

»Wehe, du verrätst jemandem, was du gesehen hast!« Sie umklammerte Lauras Handgelenke. Laura spürte Merles Kraft.

»Ich habe gar nichts gesehen!«, verteidigte sich Laura sofort. »Du hattest einen Schmetterling auf der Hand. Na und?«

»Schschsch, leise!«, mahnte Merle. »Die anderen brauchen nichts davon mitzukriegen. Und wenn du ein Wort sagst, dann bekommst du es mit mir zu tun!«

Laura hatte ein mulmiges Gefühl. »Schon gut, ich verrate kein Wort.«

Merle ließ ihre Hände los und bückte sich, um den Falter aufzuheben. Sie ging zum Fenster, öffnete einen Flügel und warf den toten Schmetterling hinaus. Dann kroch sie in ihr Bett zurück, zog die Decke bis zum Kinn und löschte das Handylicht.

Laura legte sich ebenfalls wieder hin. Sie starrte in die Dunkelheit. Was hatte Merle getan? Hatte sie mit ihrem Spruch den Falter getötet? Oder war es nur ein unglücklicher Zufall gewesen, dass der Schmetterling gerade in diesem Moment sein Leben beendet hatte?

Tatsache war, dass Laura sich wieder in jener merkwürdigen Welt des achten Tages befand und damit klarkommen musste. Sie hatte versucht, das Schicksal zu überlisten, indem sie wach geblieben war, aber die Zwischenwelt hatte Laura zurückgeholt. Und wahrscheinlich würde sich dieser Wechsel regelmäßig jede Woche vollziehen. Laura musste dringend herausfinden, wie diese magische Welt funktionierte und warum sie in sie hineingeraten war.

Jetzt aber war es tiefste Nacht und keine gute Zeit, um irgendetwas herauszufinden. Der Verstand sagte Laura, dass sie ein paar Stunden schlafen sollte. Sie fühlte sich auf einmal auch wie ausgelaugt. Vielleicht lag es an der Erkenntnis, dass sie sich nicht gegen ihre Bestimmung wehren konnte.

Laura schloss die Augen und versuchte, zur Ruhe zu kommen. Doch in ihrem Kopf kreiste und brummte es, die Gedanken schossen hin und her wie Raketen in einem Feuerwerk, Erinnerungen tauchten auf und verschwanden. Sie dachte an Elias und an ihre Eltern, an das Theaterstück und an Amy, die am Samstagmorgen ihren Geist aufgegeben hatte. Einmal spazierte sogar Asshoff durch ihren Kopf und winkte ihr hämisch grinsend zu. Sie lief vor ihm weg, durch Papas Garten, der auf einmal viel größer war, und setzte sich erschöpft auf die Bank unter dem Goldregenbogen …

Als Laura wach wurde, war es bereits hell, und ihre drei Zimmergenossinnen verbreiteten Hektik. Shirin kam nur mit einem Handtuch bekleidet und mit nassen Haaren aus dem Bad.

»Na endlich«, fauchte Merle und stürmte an ihr vorbei. Die Badezimmertür knallte hinter ihr zu.

Anouk saß auf einem Stuhl und lackierte sich die Zehennägel.

»Pass auf«, knurrte sie, als Shirin an ihr vorbeiwollte.

»Mach ich doch«, erwiderte Shirin. Sie ging zum Fenster, öffnete es und hielt ihren Kopf ins Freie.

Zuerst spürte Laura nichts, aber dann fühlte sie den

warmen Wind, der von draußen kam. Er war wie ein Föhn, allerdings nahezu lautlos.

Shirin schien ihn auch wie einen Föhn zu benutzen, sie schüttelte immer wieder ihre langen Haare und drehte ihren Kopf. Ein bunter Schmetterling flatterte spielerisch um sie herum.

Laura setzte sich auf und rutschte von dem Stockbett herunter.

»Guten Morgen!« Shirin lächelte ihr freundlich zu.

»Guten Morgen«, antwortete Laura. Von Anouk kam nur eine Art Knurren. Sie wackelte mit den Zehen und fragte Shirin: »Hast du auch ein bisschen heiße Luft für mich? Dieser blöde Lack will einfach nicht trocknen.«

»Gleich«, sagte Shirin. Sie wandte sich an Laura. »Wenn du ins Bad willst, musst du einen Moment warten. Merle ist gerade drin.«

»Okay.« Laura öffnete ihren Koffer, der noch nicht ganz ausgepackt war, und überlegte, was sie anziehen sollte. Sie entschied sich für schwarze Leggins und ein schlichtes dunkelblaues Oberteil.

Shirin hatte inzwischen das Fenster geschlossen und kümmerte sich um Anouk. Genauer: um ihre Zehennägel. Laura beobachtete, wie Shirin eine schnelle Handbewegung machte. Dadurch schien ein warmer Luftstrom zu entstehen, der dafür sorgte, dass Anouks Lack auf den Zehennägeln trocknete. Laura konnte zwar von ihrem Standort aus die warme Luft nicht spüren, aber

Anouks Reaktion war eindeutig. Wie konnte so etwas sein? Warum konnte Shirin aus dem Nichts einen Wind herbeirufen, der noch dazu warm war? Der bunte Falter saß auf Shirins Schulter, aber jetzt flog er auf und suchte sich einen neuen Platz an der Wand, direkt unter der Zimmerdecke.

Laura räusperte sich. »Wie hast du das eben gemacht?«

»Ach.« Shirin lachte, während sie ihr üppiges Haar zu zwei dicken Zöpfen flocht. »Das war ganz einfach. Ich muss mir den Wind nur im Kopf vorstellen, dann ist er schon da.«

»Shirin ist echt begabt«, sagte Anouk anerkennend. »Danke.« Die Nägel waren jetzt offenbar trocken, denn sie streifte grüne Socken über ihre Füße.

Merle kam aus dem Badezimmer. Ihre Miene war genauso mürrisch wie zuvor.

»Föhn?«, bot Shirin an.

»Lass mal«, knurrte Merle. »Du musst nicht dauernd mit deinem Talent angeben!«

»Ich gebe gar nicht an«, verteidigte sich Shirin. »Ich wollte dir nur helfen.«

»Meine Haare trocknen von allein«, sagte Merle. Sie setzte sich auf die Bettkante und fing an, ihr Haar mit einem Handtuch trocken zu rubbeln.

Laura war froh, dass sie ins Bad verschwinden konnte. Sie zog sich rasch aus und trat unter den Elefantenrüssel. Warm und weich strömte das Wasser über ihren Körper. Laura genoss die Dusche und schloss die Augen. Das Wasser schien sie mit neuer Energie zu füllen. In diesem Moment hatte Laura das Gefühl, die Magie des Ortes spüren zu können. Vielleicht besaß sie ja auch Zauberkräfte, von denen sie bisher nichts gewusst hatte?

Als sie vor den Spiegel trat, blickte ihr eine sechsjährige Laura entgegen. Laura grinste, und das Spiegelbild entblößte eine riesige Zahnlücke. Laura griff zum Kamm und versuchte, ihr rotes Haar zu entwirren. Nach dem Waschen war das jedes Mal eine Heidenarbeit, da sie Naturlocken hatte. Das Spiegelbild ahmte jede ihrer Bewegungen nach. Es war lustig anzusehen, wie die kleine Laura mit ihren Haaren kämpfte und dabei ulkige Grimassen schnitt.

Als Laura zurück ins Zimmer kam, waren ihre Mitbewohnerinnen schon ausgeflogen. Schade! Laura hätte gerne Shirins Föhn benutzt. So musste sie ihr Haar mit dem Handtuch trocken reiben, und das dauerte so lange wie in der richtigen Welt.

»Von wegen Magie!«, murmelte Laura. Sie zog sich an und schlüpfte in die rosafarbenen Pantoffeln, die sie sofort aus dem Zimmer und zur Treppe trugen.

Der magische Dschungel

Es ging hinunter in den Innenhof. Dort waren schon alle Tische besetzt, und Laura hatte den Eindruck, dass sie die Letzte war. Sie fand den Tisch mit Anouk, Merle und Shirin. Laura hatte sich noch nicht einmal gesetzt, als bereits eine der Service-Feen herbeiflatterte und ein Tablett vor Laura auf den Tisch knallte. Zwei leckere Schokoladencroissants lagen auf ihrem Teller, aber sie waren ziemlich dunkel, als wären sie zu lange im Ofen gewesen.

»Nanu, was ist denn mit der los?«, fragte Laura und sah der Fee nach, die sichtlich verdrossen davonschwirrte.

»Die Feen haben die ganze Nacht durchgefeiert, weil eine von ihnen Junggesellinnen-Abschied hatte«, erklärte Shirin.

Laura wusste im ersten Augenblick nicht, ob Shirin sie vielleicht auf den Arm nahm. »Ähm, ach so. Hm, äh, gibt es denn … Feen-Männer?«

»Ja, klar«, antwortete Shirin. »Die kümmern sich um den Park.«

»Und äh«, Laura kam sich so unbeholfen vor, weil sie kaum etwas von dieser Welt wusste, »gibt es dann auch Feen-Babys?«

»Oh ja.« Diesmal kam die Antwort von Anouk. »Die Babys sehen total süß aus, wenn sie aus dem Ei geschlüpft sind.«

Aus dem Ei. Laura schluckte. Was für eine wunderliche Welt! Sie wünschte sich, dass sie einmal so ein frisch geschlüpftes Feen-Baby zu Gesicht bekam.

»Wenn du deine Croissants nicht magst, dann nehme ich sie«, sagte Shirin. »Sie sind nur etwas dunkel, aber nicht richtig verbrannt. Man kann sie noch essen.«

»Shirin meint, dass man nicht gleich daran stirbt«, erklärte Merle.

»Eins kannst du haben«, sagte Laura zu Shirin. »Ich habe sowieso kaum Hunger.« Sie stand auf, um sich aus dem Pilz ihr Lieblingsgetränk zu holen.

»Brombeersaft.« Sie hielt ihre Tasse unter den kleinen Hahn.

Zu ihrer Verwunderung kam kein roter Saft heraus, sondern Kakao.

»Ooo-kay«, sagte Laura. Wahrscheinlich hatte sie ihren Wunsch nicht deutlich genug gesagt. Mit der Kakaotasse kehrte sie an ihren Platz zurück.

»Heute haben wir alle nur Kakao«, erklärte Shirin. »Etwas anderes gibt es nicht.«

Der Kakao sah schön cremig aus, aber als Laura den

ersten Schluck nahm, hätte sie ihn am liebsten zurück in die Tasse gespuckt.

»Saure Milch.« Shirin nickte Laura zu. »Die müssen heute Nacht wirklich wild gefeiert haben. Im Zimmer oben habe ich noch Wasser, du kannst eine Flasche von mir haben. Im Übrigen befinden sich im Rundgang im Erdgeschoss mehrere Trinkbrunnen. In jedem Turm.«

»Aha, danke.« Laura biss in ihr Croissant und stellte sich vor, wie die Feen feierten. Mit einem Mal riss eine Windbö an ihren Haaren, und ein paar Tropfen klatschten auf den Boden. Laura blickte zum Himmel und sah, dass dunkle Wolken aufgezogen waren.

»Ich bin nicht schuld, ich schwöre.« Shirin hob ihre Hände, um ihre Unschuld zu beteuern.

»Du hast vorhin Wind erzeugt«, sagte Laura. Sie wollte jetzt endlich mehr wissen. »Kannst du das Wetter beeinflussen?«

Shirin nickte. »Zumindest ein bisschen. Ich muss noch viel üben.«

»Dann schieb doch bitte die Wolken beiseite«, sagte Anouk mit einem genervten Blick nach oben. »Ich habe keine Lust auf Regen.«

»Du weißt genauso wie ich, dass die Pflanzen Regen brauchen. Sie vertrocknen, wenn es nicht regnet«, erwiderte Shirin.

»Es reicht, wenn es nachher gießt«, meinte auch Merle.

»Ich bin nicht scharf drauf, mich gleich wieder umzuziehen.«

»Na gut, ich versuch's.« Shirin richtete ihren Blick zum Himmel. Sie flocht ihre Finger ineinander und zog ihre Hände dann auseinander, so als würde sie eine Schiebetür öffnen. Am Himmel gab es tatsächlich eine kleine Wolkenlücke, die sich jedoch sogleich wieder schloss.

Shirin zuckte mit den Schultern. »Wie gesagt, ich muss noch üben.«

»Das wird schon«, meinte Anouk. »Bei mir hat es auch ewig gedauert, bis ich ein paar Zentimeter über dem Boden schweben konnte.«

»Ich hab mein Talent noch nicht entdeckt«, sagte Merle mürrisch und nahm einen Schluck aus ihrer Tasse. Sie spuckte den Kakao sofort zurück. »Pfui Teufel, das Zeug kann man ja wirklich nicht trinken!«

»Jemand da, der das ändern kann?«, fragte Anouk.

Drei Augenpaare richteten sich erwartungsvoll auf Laura.

»O nein!«, wehrte diese gleich ab. »Ihr meint, ich könnte … machen, dass die Milch nicht sauer ist?«

»Vielleicht ist das dein Talent«, sagte Shirin. »Verdorbenes wieder genießbar zu machen. Merle, du könntest es auch versuchen.«

»Ich kann es bestimmt nicht«, sagte Laura.

»Probier's aus«, verlangte Anouk.

»Und wie?«, fragte Laura.

»Indem du dich auf die Tasse konzentrierst. Stell dir leckeren Kakao vor. Blende jeden anderen Gedanken aus. Lass deine Energie in die Tasse strömen.«

»Okay.« Laura richtete ihren Blick auf die Tasse. Leckerer, cremiger Kakao. Süß, mit dem Geschmack von Schokolade. Kakao, wie ihn Papa immer machte. Laura stellte sich einen hellen Strahl Energie vor, der aus ihrem Herzen in die Tasse strömte. Automatisch hielt sie die Luft an. Dann konnte sie nicht mehr und musste Atem holen.

»Und?« Shirin sah sie gespannt an.

»Keine Ahnung, ob es geklappt hat.« Laura griff nach der Tasse und probierte.

Noch immer ungenießbar! Der Kakao schmeckte genauso scheußlich wie zuvor. Oder sogar noch scheußlicher.

»Fehlanzeige.« Laura schüttelte den Kopf.

»Bei mir auch«, sagte Merle mit finsterer Miene.

Shirin legte ihr die Hand auf den Arm. »Du wirst dein Talent schon noch finden.«

Warum hab ich das Gefühl, dass Merle lügt?, schoss es Laura durch den Kopf. Sie musste an den Vorfall in der Nacht denken. Merle hatte versucht, die Zeit umzukehren. Glaubte sie heimlich, dass das ihr wahres Talent war?

»Woher weiß ich, was meine Begabung ist?«, fragte Laura.

»Du bist hier, um es herauszufinden«, erklärte Shirin. »Wir machen alle möglichen Übungen. In dieser Schule geht es nicht darum, dass wir überall gute Leistungen erzielen, sondern dass wir merken, was uns wirklich liegt.«

»Sobald du dein Talent kennst, musst du üben, üben, üben, um perfekt zu werden«, ergänzte Anouk.

»Und wenn du dein Talent nicht kennst, kannst du üben und üben, und du wirst davon verrückt«, äffte Merle Anouk nach.

»Du musst deine schlechte Laune nicht an mir auslassen, Merle«, sagte Anouk ruhig.

Merle sprang auf, sah Anouk mit funkelndem Blick an, drehte sich um und eilte auf den Eingang von Turm eins zu.

Laura sah ihr nach. Merle hatte soeben den Tisch verlassen, obwohl die Frühstückszeit offiziell noch nicht zu Ende war. Sie machte, was sie wollte. War Merle stärker als der Zauber, der in ihren neongrünen Pantoffeln steckte?

»Warum kann sie wegrennen – trotz der Pantoffeln?«, fragte Laura.

»Ach, die Pantoffeln sind eher eine Orientierungshilfe«, meinte Shirin. »Sie zeigen uns, wohin wir müssen, denn in diesem großen Gebäude kann man sich leicht verirren. Natürlich kann man auch seiner eigenen Wege gehen, es kostet nur etwas Willenskraft.«

Laura nickte und kam sich wieder einmal ziemlich unbeholfen vor. Sie hatte sich von den Pantoffeln bevormunden lassen! Wütend starrte sie auf ihre Füße, und so als hätten die Pantoffeln ihre Gedanken gelesen, spürte sie auf einmal an ihren Fußsohlen ein zorniges Vibrieren. Laura hatte nicht übel Lust, die blöden Pantoffeln einfach durch die Luft zu schleudern. Aber sie beherrschte sich und fragte: »Womit geht es heute los?«

»Wir haben Pflanzenkunde bei Magistra Elisa«, antwortete Shirin und wischte sich die Schokoladenkrümel aus den Mundwinkeln. »Ein Fach, in dem ich total unbegabt bin. Ich habe einfach keinen grünen Daumen.«

»Dabei könntest gerade du so viel für die Pflanzen tun«, meinte Anouk. »Du könntest dafür sorgen, dass sie genügend Sonne und Regen bekommen. Aber wenn ich an deine Tulpen neulich denke …«

»Erinnere mich nicht daran!«, sagte Shirin und verdrehte die Augen. Die beiden Mädchen sahen sich an und lachten los.

Anouk ist vielleicht gar nicht so übel, dachte Laura. »Wie bist du eigentlich hierhergekommen, Anouk?«, fragte sie laut. »Hast du auch eine Uhr gefunden?«

»Anouk wäre fast verhaftet worden«, antwortete Shirin für die Freundin und stieß sie in die Seite. »War es nicht so?«

Anouk nickte. »Alles nur wegen Mäxchen!«

»Das ist ihr kleiner Affe«, erklärte Shirin.

»Ein Seidenäffchen«, ergänzte Anouk. »Mein Onkel

arbeitet im Zoo, und die Affenmutter wollte ihr Junges nicht annehmen. Deswegen haben meine Mutter und ich Mäxchen mit der Flasche aufgezogen.« Sie seufzte. »Früher war Mäxchen total süß und brav, ich konnte mit ihm auf der Schulter spazieren gehen. Aber dann fing Mäxchen leider an zu klauen …«

»Und auf einem Spaziergang hat er einem Mann die Taschenuhr aus dem Jackett gestohlen«, warf Shirin ein, die die Geschichte offenbar kannte.

»Ich hatte das gar nicht mitgekriegt«, meinte Anouk. »Mäxchen stopfte mir die Uhr einfach in meine Umhängetasche. Zu Hause hab ich das Ding dann entdeckt. Der Besitzer hatte Mäxchen jedoch bemerkt und überall herumgefragt, wer ein kleines Äffchen hält. Dann hat er bei uns geläutet und einen Riesenkrach veranstaltet. Er hat behauptet, ich hätte Mäxchen dressiert, damit er andere Leute beklaut.«

»Was natürlich Quatsch ist!«, bekräftigte Shirin.

»Mein Vater hat dem Mann fünfhundert Euro gegeben, damit er nicht zur Polizei geht«, erzählte Anouk weiter. »Die Uhr durfte ich dann behalten, der Mann wollte sie nicht mehr.«

»Fünfhundert Euro, wow!«, murmelte Laura. »Und lass mich raten: Kaum hattest du die Uhr, hast du den achten Tag kennengelernt.«

Anouk nickte. »Und wieder war Mäxchen daran schuld. Er war in der Nacht aufs Dach geklettert, und ich wollte ihn dort runterholen. Ich bin also raus aus dem Fenster und über die Dachziegel balanciert.«

Laura hielt den Atem an.

»Ich kann so etwas«, beschwichtigte Anouk sie. »Ich mache im richtigen Leben Parkour.«

Laura hatte darüber schon Filme auf YouTube gesehen. Da rannten Leute durch die Stadt, liefen Wände hoch, sprangen über Hindernisse und rollten sich ab.

»Leider hatte es in der Nacht Frost gegeben, und das Dach war an manchen Stellen vereist. Gerade als ich nach Mäxchen greifen wollte, bin ich abgerutscht und in die Tiefe gestürzt.« Sie machte eine Pause.

»Und dann?«, fragte Laura.

»Landete ich auf einer Turnmatte.« Anouk kicherte. »Es war stockfinster, aber gleich darauf ging das Licht an, und Magistra Elisa kam herein. Ich befand mich in dem Saal, in dem wir das Schweben und Fliegen üben. Ich habe wahrscheinlich ein ziemlich dämliches Gesicht gemacht, als mich die Magistra begrüßte und mir sagte, dass ich mich im Schloss der Ewigkeit befände.«

»Das muss ein Schock für dich gewesen sein«, meinte Laura.

»Schon. Obwohl ich natürlich froh war, dass ich mir bei meinem Sturz vom Dach nicht das Genick gebrochen hatte.«

»Und was ist mit Mäxchen passiert?«, wollte Laura wissen.

»Der ist auch mit in den achten Tag gerutscht«, sagte Anouk. »Ich glaube, das Schloss ist für ihn das Paradies. Er kommt nur ganz selten in unser Zimmer, seine Sehnsucht nach mir hält sich in Grenzen. Aber wenn dich mal plötzlich jemand an den Haaren zieht, ist das bestimmt Mäxchen!«

»Mein Samson lässt sich auch kaum blicken«, sagte Laura. Sie sah von Anouk zu Shirin. »Komisch, jede von uns hat ein Tier mitgebracht. Was ist mit Merle? Hat sie auch ein Tier?«

Anouk holte tief Luft. »Ja. Eine weiße Ratte namens Brutus.«

Als Laura nach dem Frühstück in ihr Zimmer zurückkam (sie hatte unterwegs versucht, die rosafarbenen Pantoffeln zu überlisten – mit dem Effekt, dass sie zweimal gestolpert und fast hingeknallt war), standen vier Paar Gummistiefel vor der Tür.

»Aha«, kommentierte Anouk, »heute wird es wohl matschig.«

»Wie ich das hasse«, sagte Shirin. »Vielleicht müssen wir im Sumpf herumlaufen, und Magistra Elisa erklärt uns, wo Sumpfdotterblumen wachsen oder so.«

»Lästige Fliegen«, prophezeite Anouk. »Stechmücken. Kröten. Vielleicht auch Schlangen …«

»Vergiss die Alligatoren nicht«, sagte Shirin, und wieder brachen die beiden Mädchen in Lachen aus. Laura sah mit einem schiefen Grinsen von einer zur anderen. Hier in dieser Welt musste sie wohl mit allem Möglichen rechnen. Sie erinnerte sich noch sehr gut an die Überfahrt mit dem großen Schwan und wie er dem unheimlichen Ding im Wasser die Zähne gezeigt hatte. Warum sollte es hier keine Alligatoren geben, wenn es sogar Feen-Babys gab, die aus dem Ei schlüpften?

Laura drängte den Gedanken beiseite und beschloss, sich einfach überraschen zu lassen. Genau wie ihre Zimmergenossinnen schlüpfte sie in die Gummistiefel und zog ein Regencape an. Die Stiefel besaßen kein magisches Navi-System, und deswegen war Laura froh, dass ihre Mitbewohnerinnen wussten, wohin es gehen sollte. Merle redete immer noch kein Wort. Sie schien ein schwieriger, sehr empfindlicher Mensch zu sein, den man mit Samthandschuhen anfassen musste.

Genau wie Elias, dachte Laura. Ich bin gespannt, wo sie ihre Ratte versteckt hat.

Es ging wieder in den Innenhof, dann zum Tor hinaus und ein Stück am Uferweg entlang. An der Brücke, die gerade ausgefahren war, wartete Magistra Elisa, ebenfalls ausgerüstet mit einem Regenumhang, der allerdings in allen Regenbogenfarben schimmerte, genau wie ihre Stiefel. Laura musste unwillkürlich grinsen. Die Magistra hatte wirklich einen ausgefallenen Geschmack!

»Schön, dass ihr alle da seid!«, begrüßte sie die Schülerinnen. »Das Wetter mag euch zwar nicht als das beste erscheinen, aber es ist ideal für unser Vorhaben. Denn nur bei hoher Luftfeuchtigkeit blüht die Sumpfkönigin, und dieses Schauspiel solltet ihr wenigstens einmal im Leben gesehen haben.«

»Bevor euch der Alligator holt«, sagte Anouk mit ernsthafter Miene.

Einige Mädchen kicherten, aber die Lehrerin ging nicht auf die Bemerkung ein.

»Bitte folgt mir«, sagte sie.

Im Gänsemarsch ging es über die Brücke. Holzbohlen knarrten unter den vielen Füßen. Laura blickte mit Unbehagen auf das dunkle Wasser des Sees. Die vielen Regentropfen sorgten dafür, dass die Oberfläche aufgewühlt war. Manchmal erschien eine Art Farnwedel, und ab und zu sprangen ein paar kleine silberne Fische in die Höhe. Laura war froh, als sie die Brücke überquert und heil am anderen Ufer angelangt waren. Es hätte sie nicht gewundert, wenn plötzlich ein Urzeit-Saurier seinen langen Kopf aus dem Wasser gestreckt hätte. Sie konnte sich gut vorstellen, dass es hier eine Art Ungeheuer von Loch Ness gab.

Willkommen, Nessie, beim Schloss der Ewigkeit!

Der Weg, den die Magistra einschlug, war zunächst noch mit Kies bestreut, aber nach einer Weile ging er in einen Trampelpfad über. An dieser Stelle hörten anscheinend auch die Feen-Männer auf zu gärtnern, denn hier begann der Dschungel. Das Gras wuchs höher als Lauras

Hüften, und die Bäume und Sträucher hatten noch nie eine Gartenschere gesehen. Das dichte Laub hielt das Licht ab, und der Weg wurde immer matschiger. Laura spürte bei jedem Schritt, wie die aufgeweichte Erde unter ihren Füßen nachgab. Von den Blättern tropfte der Regen, und Laura fühlte, wie ihre Leggins trotz Regencape langsam nass wurden. Brrr, musste dieser Ausflug unbedingt sein? War die Sumpfkönigin wirklich so sehenswert?

Ab und zu hielt Magistra Elisa inne, um die Mädchen auf bestimmte Vogelstimmen aufmerksam zu machen.

»Hört! Das ist ein Zilpzalp«, rief sie, und die Gruppe kam zum Stehen. Der scheue Vogel war nirgends zu sehen, aber Laura kannte den Gesang. Sie hatte ihn gelegentlich im Garten ihres Vaters gehört. Wenigstens etwas Vertrautes in dieser unbekannten Welt!

Der Pfad wurde immer unwegsamer. Einmal blieb Laura mit einem Stiefel in der Erde stecken und hatte Mühe, ihn wieder herauszuziehen. Den anderen erging es nicht besser. Merle stolperte und konnte sich gerade noch an Laura festhalten, sonst wäre sie bäuchlings im Dreck gelandet.

»Danke«, sagte Merle, und damit war ihr Schweigen endlich gebrochen.

»Warst du schon einmal hier?«, wollte Laura wissen.

»Nein, für mich ist der Weg genauso neu wie für dich«, antwortete Merle.

»Es ist alles so verwirrend«, klagte Laura.

»Damit bist du nicht allein«, murmelte Merle.

»Wie bist du hierhergekommen?«, fragte Laura. »Magst du drüber reden?«

Merle seufzte. »Das ist eine ziemlich absurde Geschichte. Willst du sie wirklich hören?«

»Klar.«

»Ich bin in verschiedenen Heimen aufgewachsen. Meine Eltern habe ich nie gesehen, ich weiß nur, dass meine Mutter mich gleich nach der Geburt weggegeben hat. Ich war auch schon in mehreren Pflegefamilien, aber es hat nie richtig gepasst. Ich war den Leuten einfach zu anstrengend.«

Laura sah sie stumm und voller Mitgefühl an.

»Die Heime waren die Hölle. Ich bin immer wieder abgehauen, aber die Polizei hat mich jedes Mal gefunden und zurückgebracht. Bis auf das letzte Mal, da hat sie mich nicht gekriegt.«

»Wo hast du dich versteckt?«

»Inzwischen war ich geschickter und wusste, wo die Polizei sucht. Solche Plätze habe ich gemieden. Damit man mich nicht entdeckt, habe ich unter Brücken, in Parks und in U-Bahn-Schächten geschlafen. Ich habe gebettelt und gestohlen, damit ich etwas zu essen habe. Bist du jetzt schockiert?«

»Ja. Nein. Ich weiß nicht«, murmelte Laura verlegen. »Du hast es bestimmt nicht freiwillig getan.«

»Ganz sicher nicht.« Merle machte eine kurze Pause.

»Ich hatte Glück, ich traf ein Mädchen namens Mona. Sie war schon sechzehn und kannte sich mit dem Leben auf der Straße aus. Sie brachte mir verschiedene Tricks bei und zeigte mir die besten Verstecke. Leider hat die Polizei sie erwischt, und ich war wieder allein. Das heißt, nicht ganz allein. Ich hatte Brutus, Monas zahme Ratte. Ich hatte Mona versprechen müssen, gut auf Brutus aufzupassen, wenn ihr etwas passiert.«

»Und wie ging es dann weiter, ohne Mona?«

»Ich wurschtelte mich so durch. Eines Abends klaute ich einem Mann einen Rucksack. Er war auf der Parkbank eingeschlafen.«

Laura konnte sich noch immer nicht mit dem Gedanken anfreunden, dass Merle eine Diebin war. »Erzähl weiter!«

»In dem Rucksack fand ich neben ein paar Euros eine goldene Taschenuhr. Das war mir gar nicht recht, denn bisher hatte ich nur Kleinigkeiten geklaut, gerade so viel, wie ich zum Überleben brauchte. Die Taschenuhr war mir zu wertvoll. Ich nahm mir vor, sie wieder in den Rucksack zu stecken und ihn dem Mann zurückzugeben. Doch als ich zu der Parkbank kam, war der Mann nicht mehr da. Ich wollte mich auf die Bank setzen, da lief mir Brutus weg. Ich rannte ihm nach, weil ich Angst hatte, dass eine Katze ihn erwischt. Brutus lief zu einem kleinen Teich. Dort setzte er sich auf die Hinterpfoten und wartete auf mich. Als ich zu ihm kam, hatte er ein buntes Stück Stoff in seinem Mäulchen.«

Laura lauschte erwartungsvoll.

»Da erschien auch schon Magistra Elisa. Das heißt, ich wusste ja zunächst nicht, wer sie ist. Sie beschwerte sich, weil Brutus ihren Rock zerbissen hatte. Und während wir noch redeten, sah ich, dass sich der Teich verändert hatte. Er war ein großer See geworden, und in der Mitte befand sich eine Insel mit einem Schloss.«

»Das Schloss der Ewigkeit.«

»Genau. Magistra Elisa forderte mich auf, ihr zu folgen. Wir gingen über die Brücke zum Schloss. Ich dachte die ganze Zeit nur, dass es um den zerrissenen Rock ging. Deswegen war ich ganz platt, als Magistra Elisa mir erklärte, dass das Schloss eine Schule ist und dass ich dort mein Talent entdecken soll.«

»Und was ist mit Brutus?«

»Ich musste der Magistra versprechen, dass ich Brutus unter Kontrolle halte.« Merle lachte. »Aber er ist ein Ausbrecherkönig, genau wie ich. Er nagt sich überall durch, aber er kommt immer zu mir zurück. Durch ihn habe ich das ganze Schloss kennengelernt.« Merle zog Laura ein Stück zur Seite und flüsterte ihr ins Ohr: »Wenn du Lust hast, mache ich heute Nacht eine Führung für dich – und zwar in den Teil, den dir nie ein Lehrer zeigt.«

Lauras Herz klopfte. Das hörte sich spannend und gefährlich an! Sie nickte. »Super!«

Es wurde immer sumpfiger. Auch die Vögel schienen lauter zu schreien. Magistra Elisa lieferte nach wie vor

Erklärungen zu dem Gezwitscher ab, aber Laura kannte keinen einzigen Vogel mehr – weder den *Grünkehligen Würgeschnäpper*, den *Langschwänzigen Eisbärvogel* oder die *Kopflose Ziegenralle*. Sie fand, dass sich die Namen reichlich seltsam anhörten, deswegen war sie auch gar nicht erpicht auf eine Begegnung mit einem der genannten Vögel. Was mochte noch auf sie zukommen?

»Das hier ist der *Raufüßige Giftsumach*«, sagte die Lehrerin und deutete auf eine Pflanze, die so groß war, dass sie ihr über den Kopf wuchs. Die großen Blätter schimmerten silbern und hatten an der Unterseite daumenlange Stacheln. »Vorsicht bei der Berührung!« Sie tippte behutsam den Stängel mit ihrer Fingerspitze an. Sogleich beugte sich die Pflanze in ihre Richtung und hustete kräftig. Sie hörte sich an wie ein asthmatischer alter Mann.

»Die Blätter sind jedoch sehr heilsam, wenn man sie trocknet und zu einem Pulver verrührt«, fuhr Magistra Elisa fort. »Man kann daraus eine Salbe machen, die bei Gliederschmerzen und Zerrungen hilft.«

Es ging weiter. Die Luft war inzwischen so mit Feuchtigkeit gesättigt, dass Laura nicht wusste, ob es noch regnete oder nicht. Das Atmen fiel ihr schwer. Da waren so viele unbekannte Düfte… Nicht alle davon waren angenehm. Sie hatte das Gefühl, dass die Gerüche in ihre Lunge drangen und sich dort festsetzten, sodass immer weniger Platz für Sauerstoff blieb.

»Ich glaube, ich brauche eine Gasmaske«, sagte Merle im selben Augenblick neben ihr.

Endlich waren sie am Ziel. Vor ihnen lag ein kleiner sumpfiger See oder eher ein Tümpel. Das Ufer war mit Schilf und Rohrkolben bewachsen, wobei die Kolben grün waren und von innen heraus leuchteten.

»Biolumineszenz«, erklärte Magistra Elisa. »In der Nacht leuchten sie noch viel heller. Man hat schon versucht, die Kolben als Kerzen zu verwenden, doch wenn sie gepflückt werden, verlieren sie schnell ihre Kraft.« Sie zog unter ihrem bunten Regencape eine Bambusflöte hervor. »Jetzt passt bitte gut auf!«

Sie setzte die Flöte an die Lippen und spielte eine eingängige Melodie. Kurz darauf fing das Wasser des Tümpels an, Blasen zu werfen. *Blubb, blubb, blubbblubb*. Eine große Pflanze streckte ihre Blätter aus dem Wasser. Dann erhob sich auch der Stiel. An dessen Ende befand sich eine riesige Knospe.

Magistra Elisa spielte unaufhörlich. Sie unterbrach nicht einmal für eine Sekunde ihre Melodie. Laura fragte sie, woher die Lehrerin ihren Atem nahm – bei dieser schlechten Luft.

Die Knospe der Pflanze blähte sich auf. Dann sprangen mit einem Mal die grünen Kelchblätter auf. Ein gelber Ball wurde sichtbar, der aus zerknitterten Blütenblättern bestand. Während sich diese entfalteten, tauchten zahlreiche bunte Schmetterlinge auf und tanzten in der Luft um die Pflanze herum. Schließlich sahen die Mädchen eine wunderschöne Blüte. Sie war ungefähr so groß wie ein Fußball und verströmte einen herrlichen Duft. Es roch nach Ferne, nach Abenteuern, nach Inseln mit Palmen und weißen Sandstränden … Laura spürte ein nie gekanntes Glücksgefühl. In diesem Moment war sie überzeugt, dass alle ihre Träume in Erfüllung gehen konnten und einfach alles möglich war.

Die Magistra hörte auf zu spielen und gab den Befehl zur Umkehr. Die Mädchen konnten sich nur schwer vom Anblick der Sumpfkönigin lösen. Murrend drehten sie sich um, um den Weg zurückzutrotten, den sie gekommen waren. Einige Schmetterlinge begleiteten sie. Erst nachdem die Mädchen ein gutes Stück vom Tümpel entfernt waren, gab Magistra Elisa eine Erklärung ab.

»Es ist sehr verführerisch, länger den Duft der Sumpfkönigin einzuatmen. Allerdings kann man dabei auch den Verstand verlieren.« Sie sah ihre Schülerinnen ernst an. »Genauso ist es mit der Magie. Wenn man sie zu oft verwendet, erhält die Magie Macht über den Menschen und wird dann unkontrollierbar. – Gehen wir zurück.«

Laura war froh, als sie etwa eine halbe Stunde später aus dem Dschungel heraustraten und der Park wieder sichtbar wurde. Es regnete immer noch, allerdings war es jetzt ein feiner Nieselregen, der die Luft und die Umgebung in einen grauen Schleier tauchte.

Laura bemerkte, dass Shirin ein Stück zurückgeblieben war und jetzt das Schlusslicht der Gruppe bildete. Sie schob ihre Hände unter dem Cape hervor und blickte zum wolkenverhangenen Himmel. Ihr Gesicht nahm einen konzentrierten Ausdruck an. Wieder machte sie eine Handbewegung, als wollte sie eine Schiebetür öffnen. Nach wenigen Sekunden riss die Wolkendecke auf, und die Sonne blinzelte hervor. Der Nieselregen hörte auf. Shirin grinste zufrieden.

Außer Laura und Merle hatte niemand aus der Gruppe bemerkt, was Shirin getan hatte. Laura war beeindruckt. Das hätte sie auch gern gekonnt. Oder doch lieber schweben können wie Anouk? Sie beneidete beide Mädchen um ihre Fähigkeiten.

Als sie zum See kamen, war die Brücke nicht mehr da. Magistra Elisa klatschte ungeduldig in die Hände und rief einige Male etwas in einer fremden Sprache. Nichts geschah.

»Dann müssen wir eben warten«, sagte die Lehrerin. »Auch wenn ich mich über die verlorene Zeit ärgere.«

Jetzt sieht sie wieder aus wie Mama, schoss es Laura durch den Kopf.

Die Zornfalte zwischen den Augenbrauen. Genau wie bei ihrer Mutter …

Einige Schülerinnen hatten keine Lust mehr zu stehen und setzten sich auf den Boden, obwohl das Gras nass war. Anouk ging bis zum Wasserrand und blickte über den See. Merle trat neben sie, und Laura hörte, wie sie sagte: »Überlegst du gerade, ob du über das Wasser gehst?«

»Das wär's«, kicherte Anouk. »Aber so weit bin ich noch nicht. Selbst wenn ich versuche, übers Wasser zu schweben, weiß ich nicht, ob meine Energie reicht. Am Ende stürze ich mitten über dem See ab.«

»Und dann zieht dich der böse Wassermann hinunter in sein Reich«, spottete Merle.

»Mach darüber keine Witze!«, gab Anouk ernst zurück.

Laura erinnerte sich an die Unterrichtsstunde »Bewegungslehre«. Das mit dem Schweben musste sie unbedingt noch mal probieren. Sie atmete ruhig und gleichmäßig und versuchte, leichter und leichter zu werden. Aber wieder funktionierte es nicht. Sie hob keinen Millimeter vom Boden ab. Mit den schlammverschmierten Gummistiefeln kam sie sich außerdem schwerer vor als sonst.

Ihr fiel auf, dass Merle etwas steif dastand. Dann sah Laura, dass ein verirrter Grashüpfer auf Merles Regenumhang gesprungen war. Zaghaft kletterte er an ihrem Arm hoch und blieb dann auf der Schulter sitzen. Merle starrte ihn an, ohne ein Wort zu sagen. Der Grashüpfer blieb reglos sitzen. Plötzlich fiel er um und stürzte ins Gras.

Laura schnappte nach Luft. Niemand außer ihr hatte Merle und den Grashüpfer beobachtet. War der Hüpfer tot? Oder war er einfach nur runter ins Gras gesprungen? Konnte es sein, dass Merles »Begabung« darin lag, mit ihrem Blick Insekten zu töten? Laura erschrak bei diesem Gedanken. Am liebsten hätte sie Merle darauf angesprochen, aber sie wagte es nicht.

Sie tötet nicht, sondern versucht, die Zeit zurückzudrehen, beruhigte Laura sich selbst. Schließlich hatte sie in der Nacht gehört, was Merle gemurmelt hatte. Von Töten war nicht die Rede gewesen …

Ein schwarzer Falter gaukelte übers Gras. Anouk stand jetzt noch näher am See und streckte ihren Fuß mit dem Gummistiefel aus. Obwohl sie die Wasserfläche nicht berührt hatte, geriet diese in Bewegung. Für den Bruchteil einer Sekunde sah Laura etwas Dunkles, Unförmiges, das seine Klauen nach Anouks Stiefel ausstreckte. Anouk sprang blitzschnell zurück. Das Wesen war genauso rasch verschwunden, wie es gekommen war. Zurück blieb nur eine leichte Bewegung des Wassers.

»Brrr«, japste Anouk, die ganz bleich geworden war. »Blöde Biester!« Sie hob einen Stein vom Boden auf und schleuderte ihn wütend ins Wasser.

Magistra Elisas Kopf schnellte herum. »Keine Provokation bitte, Anouk! Der See ist nicht für uns da, und wir achten und respektieren die Wesen, die in ihm leben. Auch wenn sie vielleicht der dunklen Seite angehören.«

Laura lief ein Schauder über den Rücken. Sie ließ ihren Blick über den Park schweifen. So friedlich im Moment alles wirkte – hier waren Mächte im Spiel, die sie nicht kannte. Und auch ihre Mitbewohnerinnen kannte sie nicht wirklich gut. Sie wusste nicht, was in ihren Köpfen vorging … Was dachte Anouk wohl in diesem Augenblick? Ihre Miene war undurchdringlich, während sie mit dem rechten Gummistiefel auf dem Boden scharrte.

… kann mich mal! Eines Tages … den See … durchqueren …

Laura zuckte zusammen. Es war, als hätte eine fremde Stimme in ihrem Kopf geredet. Die Worte waren abgehackt und der Satz nicht vollständig gewesen, aber den Rest hatte Laura klar verstanden.

Sie rieb sich über die Stirn. Das habe ich mir sicher nur eingebildet, dachte sie.

Magistra Elisa klatschte erneut in die Hände und wiederholte den Spruch in der unbekannten Sprache. Jetzt schien sich etwas zu tun. Quietschend und rumpelnd setzten sich die Brückenteile in Bewegung, strebten aufeinander zu und vereinigten sich mit einem heftigen Ruck.

»Na also«, sagte die Lehrerin zufrieden. »Wir können zurück.«

Ein bunter Schmetterling hatte sich frech auf ihre Nase gesetzt. Magistra Elisa ließ ihn vorsichtig auf ihren Finger krabbeln und sah zu, wie er davonflog. Dann überquerte sie mit ihrer Gruppe die Brücke. Wenig später standen alle wieder im Innenhof des Schlosses.

Dort waren inzwischen mehrere Kisten abgestellt worden. In jeder befanden sich etliche Blumentöpfe mit kleinen Pflanzen. Eine grün gekleidete Fee – oder besser ein Feen-Mann – schwirrte über den Kisten hin und her und versah alle Pflanzen mit einem unbeschriebenen Etikett.

»Es wird in der nächsten Zeit eure Aufgabe sein, sich um eine dieser Pflanzen zu kümmern«, kündigte Magistra Elisa an. »Hegt und pflegt sie, so gut ihr könnt. Betrachtet sie als euren Freund oder eure Freundin. Ich bin sehr gespannt auf die Ergebnisse.«

Jedes Mädchen durfte sich eine Pflanze aussuchen. Da genügend Blumentöpfe zur Verfügung standen, gab es keinen Streit. Laura wählte eine kräftige Pflanze mit gefiederten Blättern, die schon ziemlich groß war. Sie würde sie mit Sicherheit besser versorgen als ein Haushalts-Roboter!

»Mittagspause«, rief nun Magistra Elisa. »Wir sehen uns heute Nachmittag bei Bewegungslehre.«

Damit durchquerte sie mit großen Schritten den Innenhof und verschwand.

Nächtliches Abenteuer

Die vier Blumentöpfe der Mädchen standen nun auf dem Fensterbrett des Vierbettzimmers. Auf den kleinen Etiketten war jeweils der Name der Besitzerin zu lesen. Laura betrachtete die Pflanzen von ihrem Stockbett aus. Täuschte sie sich, oder ließ ihre Pflanze bereits den Kopf hängen? Dabei hatte sie sie doch so sorgfältig ausgesucht! Sie hatte sich immer eingebildet, ein gutes Händchen für Pflanzen zu haben, jedenfalls hatte sie manches Gewächs noch retten können, wenn es Amy wieder einmal mit dem Gießen übertrieben hatte.

Laura seufzte. Es war ihr im Moment auch egal, ob die neue Pflanze dahinmickerte Sie fühlte sich völlig kaputt. Alle Muskeln taten ihr weh. Bei der Bewegungslehre am Nachmittag hatte sie sich wieder die größte Mühe gegeben, aber sie hatte keinerlei Fortschritte gemacht. Anouk, die Glückliche, war dagegen zwei Meter hoch geschwebt. Laura hatte gar nicht glauben können, was sie da sah. Alle Mädchen hatten Beifall geklatscht.

Ob es vielleicht auch an der Wanderung am Vormittag lag, dass sich Laura so erschöpft fühlte? Möglicherweise hatte sie sich ja dabei erkältet. Ihre Füße schmerzten, außerdem hatte sie an den Fersen zwei dicke Blutblasen von den Gummistiefeln. Und ihr Hals kratzte. Als Laura sich die Hand auf die Stirn legte, fühlte sich diese ziemlich warm an. Es fehlte gerade noch, dass sie in dieser merkwürdigen Welt Fieber bekam! Wer weiß, am Ende hatte sie dann lilafarbene Pocken oder irgendeine stinkende Krätze!

»Geht's dir nicht gut?«, fragte Shirin. Sie saß auf ihrem Bett und studierte ein Buch über Wetterkunde. Offenbar musste sie die Wolkenformen auswendig lernen, denn sie murmelte immer wieder verschiedene Begriffe: »*Zirrus, Zirrostratus, Zirrokumuli, Altokumuli …*«

»Ich glaube, ich bekomme eine Erkältung«, gab Laura zur Antwort.

»Oh je, du Arme«, sagte Shirin, verdrehte mitfühlend die Augen und vertiefte sich wieder in ihr Heft.

Merle kam aus dem Badezimmer. Sie hatte gerade ihre Stiefel geputzt. Anouk hatte zuvor fast einen Anfall bekommen, weil Merles verdreckte Stiefel noch immer auf dem Gang standen.

»Du weißt, dass die Magistra uns kontrolliert, und ich will nicht, dass wir deinetwegen einen Anpfiff bekommen.«

»Reg dich ab«, hatte Merle nur gebrummt. Danach

war sie aber aufgestanden und hatte die Stiefel unter der Dusche abgewaschen.

»Kannst du sie trocknen?«, fragte sie jetzt Shirin.

»Keine Zeit, ich muss lernen«, erwiderte diese. »Tut mir leid.«

Merle sah aus, als würde sie gleich einen Tobsuchtsanfall bekommen. Laura hatte schon Angst, dass sie die Stiefel einfach aus dem Fenster werfen würde.

»Verdammt, wenn ich dich brauche, dann stehst du nicht zur Verfügung! Ich pfeif auf dein Talent, das kannst du dir ans Knie nageln!« Sie griff nach dem erstbesten Handtuch (es war Lauras) und wischte die Gummistiefel damit trocken.

Ich werde es allen zeigen … Sie werden staunen, wenn sie sehen, was ich kann …

Zum zweiten Mal an diesem Tag war eine fremde Stimme in Lauras Kopf. Diesmal waren die Worte ganz klar und deutlich. Und die Stimme hatte nach Merle geklungen.

Laura setzte sich auf und beobachtete, wie Merle mit den Stiefeln hantierte. Hatte Merle vielleicht dabei mit sich selbst geredet, und Laura hatte ihre Worte aufgeschnappt?

Merle spürte den Blick. Sie sah auf. »Was glotzt du so?«, fauchte sie.

Laura zuckte zusammen. Sie hatte gehofft, dass Merle fortan etwas netter zu ihr sein würde. Aber vielleicht bereute Merle inzwischen, dass sie Laura ihre persönliche Geschichte anvertraut hatte.

»Das … das war mein Handtuch!«

»Wie kann ich das wissen?«, fauchte Merle. »Steht ja kein Name drauf!«

»Lass Laura in Ruhe, sie ist krank«, mischte sich Shirin ein. Offenbar war sie doch nicht so in ihr Heft vertieft, wie sie vorgegeben hatte.

»Echt?«, fragte Merle. Plötzlich wirkte ihr Gesicht nicht mehr ganz so verkniffen.

»Na ja«, sagte Laura, »mein Hals kratzt, und es könnte sein, dass ich Fieber habe.«

»Lass mich mal sehen«, sagte Merle, ohne auf Lauras Frage einzugehen. Sie trat an Lauras Bett. Laura musste sich hinlegen, und Merle befühlte ihre Stirn.

»Hm«, brummte sie. »Ganz schön warm.«

Na super, dachte Laura.

»Wo tut's weh?«, wollte Merle dann wissen.

»Da. Mein Hals. Vor allem beim Schlucken«, erklärte Laura.

Merle legte ihr die Hand auf den Hals. Im ersten Moment war es unangenehm, weil Laura an Elias denken musste, der sie bei so einer Gelegenheit »aus Spaß« ein bisschen gewürgt hätte. Aber Merles Hand lag nur ganz ruhig da, vielleicht zehn Sekunden lang. Als sie sie wieder zurückzog, waren Lauras Halsschmerzen weg. Und ihre Stirn fühlte sich auch nicht mehr heiß an.

»Was hast du gemacht?«, fragte Laura überrascht.

Merle zuckte nur mit den Schultern und wandte sich wieder den Stiefeln zu.

»Danke!«

»Nicht dafür.«

Laura setzte sich wieder auf. Nicht nur, dass ihr Hals nicht mehr wehtat, auch ihre Energie war zurückgekehrt. Sie fühlte sich frisch und ausgeruht.

Hatte Merle heilende Kräfte? Laura warf ihr einen verstohlenen Seitenblick zu.

Merle tat jedoch so, als gäbe es gerade nichts Interessanteres als ihre Stiefel. Sie waren jetzt endlich trocken, und Merle schob sie unter ihr Bett. Es quiekte leise. Merle kniete sich auf den Boden, spitzte die Lippen und gab lockende Laute von sich. Kurz darauf kroch eine weiße Ratte über ihre Hand und spazierte über den Ärmel auf ihre Schulter. Es war ein hübsches Tier mit wachen Augen und einem neugierigen Schnäuzchen. Allerdings hatte die Ratte auch diesen ekligen nackten Schwanz … Laura versuchte, ihre Abscheu zu unterdrücken. Ratten konnten sehr nette Haustiere sein, das wusste sie. Und für Merle war Brutus ein Andenken an Mona, ihre Beschützerin. Allerdings – wie würde Samson auf Brutus reagieren? Besaß der Kater überhaupt noch Jagdinstinkte? In der Wohnung im Akeleiweg Nummer acht bekam er jedenfalls immer nur Dosenfutter.

Laura war so darin vertieft, Merle und ihre Ratte zu

beobachten, dass sie erschrak, als es energisch an die Tür klopfte.

Magistra Elisa trat ein. »Alles in Ordnung bei euch?«, wollte sie wissen. »Dann legt eure Sachen weg und geht ins Bett. Es ist gleich neun Uhr, und es war ein anstrengender Tag. Vergesst nicht: Wer erschöpft ist, hat auch keine Kraft für Magie. Gute Nacht!«

Sie löschte das Licht und verließ den Raum.

»Neun Uhr«, wiederholte Anouk von ihrem Bett aus. »Dabei ist es draußen noch hell. Ich komme mir vor wie ein kleines Kind!«

Tatsächlich. Draußen begann es gerade erst zu dämmern. Laura sah ein paar Fledermäuse, die vor dem Fenster mit ihrem typischen Zickzackflug hin und her flogen.

Wenn ich jetzt einschlafe, werde ich vermutlich in meinem Zimmer bei Papa aufwachen, überlegte Laura. Der achte Tag war in drei Stunden zu Ende, danach ging alles ganz normal weiter. Sie spürte ein leises Bedauern. Heute war es schon besser gelaufen als beim ersten Mal. Sie wusste jetzt einiges über ihre Mitbewohnerinnen, aber sie hätte gern noch viel mehr über diese Welt erfahren …

Während sie eindöste, spürte sie eine Hand auf ihrem Arm.

»Willst du das Schloss anschauen oder lieber pennen?«

Es war Merles Stimme. Brutus saß auf ihrer Schulter und war halb unter den Kragen gekrochen. Laura war sofort hellwach. Natürlich hatte sie Lust, das Schloss zu erkunden. Und dass es sich um einen Ausflug handelte, der bei Nacht stattfand und wahrscheinlich nicht erlaubt war, machte die Sache noch viel reizvoller.

Laura kletterte vorsichtig aus ihrem Bett, um Shirin nicht zu wecken, die unter ihr schlief. Auf Zehenspitzen huschte sie mit Merle zur Zimmertür. Die rosafarbenen und neongrünen Pantoffeln liefen vorwurfsvoll hinter ihnen her, aber Merle versetzte ihnen nur einen Tritt, sodass sie quer durchs Zimmer schlitterten.

»Die können wir jetzt nicht gebrauchen. Komm, Laura!«

Der Gang war nur schwach beleuchtet. Laura folgte Merle zum Treppenhaus. Allmählich fing sie an, sich im Schloss zurechtzufinden, es war nicht mehr so verwirrend. Sie liefen hinunter ins Erdgeschoss. Aber anstatt den Innenhof zu betreten, führte Merle Laura zu einer weiteren Treppe, die in die Tiefe hinabführte.

»Da runter?«, fragte Laura mit einem mulmigen Gefühl. Das Treppenhaus war stockfinster.

»Angst?«, fragte Merle spöttisch, während Brutus über ihren Arm lief und schnuppernd sein Näschen in die Luft reckte.

Laura schüttelte den Kopf. Sie wollte nicht, dass Merle sie für einen Feigling hielt.

Merle hatte ihr Handy mitgenommen und aktivierte die Taschenlampenfunktion. »Übrigens gibt es im ganzen

Schloss kein Netz, falls du das noch nicht weißt«, sagte sie.

»Hab ich mir schon gedacht«, erwiderte Laura.

Im grellweißen LED-Licht schlichen die beiden Mädchen die Treppe hinunter. Es wurde immer kühler und roch modrig. Laura bemühte sich, nicht an die Spinnen zu denken, die vielleicht gerade über ihrem Kopf an den Wänden krochen. Manchmal sah sie im Lichtschein etwas schnell zur Seite huschen, aber es konnte auch sein, dass ihre Augen ihr einen Streich spielten.

Die Treppe schien kein Ende zu nehmen. Inzwischen mussten sie schon tief im Keller des Schlosses sein. Laura hoffte, dass Merles Handyakku nicht plötzlich den Geist aufgab, denn ohne Licht wären sie aufgeschmissen.

Und wenn sie mich in die Irre führt?, schoss es Laura durch den Kopf.

Im selben Moment drehte sich Merle zu ihr um. »Na, hast du Schiss, dass ich dich irgendwo hinbringe und dich dann im Stich lasse?«

Laura räusperte sich. »Ich … ich vertraue dir«, sagte sie, aber ihre Stimme klang seltsam dünn.

Merle grinste, wandte sich um und stieg weiter hinab. Sie spielte mit dem Licht ihres Handys, schaltete ein und wieder aus. Dunkel, hell, dunkel. Laura versuchte, nicht zu stolpern. Sie hielt sich an den rauen Wänden fest und hoffte, dass ihr nichts Ekliges zwischen die Finger geriet.

Plötzlich war die Treppe zu Ende. Laura prallte auf Merle, die stehen geblieben war. Brutus nutzte die Gelegenheit, um von Merles Schulter auf Lauras Arm zu springen. Laura schrie vor Schreck auf. In einem Reflex schüttelte sie die Ratte ab. Das Licht ging wieder an, und Laura sah, dass sie sich in einem Gewölbe befanden. Ein Stück vor ihnen war eine etwa kniehohe Mauer. Dahinter floss dunkles Wasser. Brutus kroch an Merles Hosenbein hoch. Irrte sich Laura, oder warf die Ratte ihr einen beleidigten Blick zu?

»Was ist das für ein Fluss?«, fragte Laura im Flüsterton. Ihre Stimme zitterte, genau wie ihr Körper. Und das lag nicht nur daran, dass es hier unten ziemlich kühl war.

»Ein Stück vom See«, erwiderte Merle. »Das Schloss ist über ihn gebaut worden.« Sie wandte sich nach rechts, und Laura blieb nichts anderes übrig, als ihr zu folgen. Kurz darauf stießen sie auf ein hölzernes Boot und einen kleinen, provisorisch errichteten Steg.

»Von hier aus kann man das Boot ins Wasser lassen und über den See rudern«, erklärte Merle. »Eignet sich prima für nächtliche Picknicks. Haben wir schon ein paar Mal gemacht.«

Laura fröstelte. Es war kühl, aber vielleicht rührte die Gänsehaut auch von dem unheimlichen Ort her.

»Und seid ihr niemals diesen… Wasserwesen begegnet?« Sie musste daran denken, was Anouk vormittags am Ufer passiert war.

»Oh doch.« Merle lachte kurz auf. »Und ich versichere dir, man kann eine Menge Spaß mit ihnen haben. Hast du Lust auf eine kleine Tour?«

»Ach … ähm …« Laura hatte ganz und gar keine Lust, jetzt eine Bootsfahrt zu machen. Sie schlotterte am ganzen Körper vor Kälte. Das Wasser glitzerte im Schein der Taschenlampe, es wirkte dunkel und unheimlich.

»Hörst du das Plätschern?«, fragte Merle. Laura lauschte. Tatsächlich. Es klang, als würde sich etwas durchs Wasser bewegen.

»Die meisten von ihnen sind nachtaktiv«, sagte Merle, lächelte und schmiegte ihre Wange an Brutus, der mittlerweile auf ihre Schulter hochgeklettert war.

»Und wer sind *sie*?«, hakte Laura nach. »Komm schon, du weißt doch mehr!«

In diesem Moment erklang eine Frauenstimme: »Wer ist da?«

Ihre Stimme hallte in dem Gewölbe wider, und Laura konnte nicht sagen, aus welcher Richtung sie gekommen war.

»Verdammt!«, zischte Merle. »Los, weg hier!« Sie rannte weiter nach rechts, und Laura stolperte hinter ihr her. Das Gewölbe machte eine Biegung.

»Bleib stehen«, flüsterte Merle.

Laura gehorchte mit klopfendem Herzen. Merle schaltete das Licht ihres Handys aus. Im Dunkel hörte Laura ihren eigenen Atem.

Plötzlich stand Magistra Elisa vor ihnen. Ein bläulich leuchtender Lichtwürfel schwebte über ihrem Kopf.

»Ihr seid es.« Ihre Miene war streng. »Was habt ihr hier unten zu suchen?« Sie sah Merle an. »Du weißt genau, dass es den Schülerinnen verboten ist, den Keller des Schlosses zu betreten. Das wird Konsequenzen haben!«

»Das war meine Idee«, log Laura. »Ich ... ich wollte wissen, ob der See unter dem Schloss hindurchführt.«

»Jetzt weißt du es«, sagte Magistra Elisa mit schneidender Stimme. »Du hättest mich auch fragen können, Laura!«

Wie Mama, dachte Laura unwillkürlich.

Ihre Mutter kanzelte sie genauso ab, wenn sie meinte, dass Laura etwas angestellt hatte.

»Damit ihr über euren verbotenen Ausflug nachdenkt, habt ihr einen Vormittag lang Küchendienst«, sagte die Magistra. »Ihr werdet den Feen zur Hand gehen: Kartoffeln schälen, Gemüse putzen, abwaschen ...«

»Na super!«, sagte Merle leise, und auch Laura verdrehte die Augen. Es war ewig her, dass sie mal Kartoffeln geschält hatte. Solche Aufgaben übernahm jetzt Amy.

»Und jetzt ab mit euch ins Bett«, befahl Magistra Elisa.

Sie mussten zurückgehen und die Treppe wieder hinaufsteigen, gefolgt von der Magistra, die aufpasste, dass die Mädchen auch wirklich in ihr Zimmer gingen. Trotz der unangenehmen Situation war Laura fasziniert von dem schwebenden Lichtwürfel, der sie auf dem ganzen Weg begleitete. Das war Magie pur!

Die Lehrerin wich nicht von ihrer Seite, bis Laura und Merle wieder in ihren Betten lagen. Dann schloss sie die Tür.

»Schöner Mist«, sagte Merle.

»Seid ihr erwischt worden?« Shirin setzte sich neugierig in ihrem Bett auf.

»Wer konnte denn ahnen, dass die Magistra ausgerechnet heute da unten einen Rundgang macht?«, erwiderte Merle mürrisch. »Ich dachte, sie wäre von dem Sumpfspaziergang fix und fertig! Aber nein, sie muss bei dem Boot herumgeistern!«

Shirin kicherte. »Wenn ihr mir Bescheid gesagt hättet, hätte ich Euphemia eingesetzt. Meine Schildkröte hätte die Magistra schon zum Schlafen gebracht.«

»Jedenfalls ist es unwahrscheinlich, dass sie gleich noch mal runtergeht.« Auch Anouk war jetzt wach.

Laura saß der Schreck über das Aufeinandertreffen mit Magistra Elisa noch in den Gliedern. Sie fand, Merle hätte sich ruhig bei ihr bedanken können. Schließlich hatte sie die Schuld auf sich genommen. Aber da erwartete sie wohl zu viel …

»Wir haben schon lange kein Picknick mehr gemacht«, sagte Shirin. »Wäre das kein günstiger Zeitpunkt? Ich habe noch eine Flasche Bitzelwasser.«

»Trifft sich gut, Mäxchen hat heute Nachmittag eine

Ladung frischer Muffins aus der Küche stibitzt.« Anouk lachte leise. »Die Feen standen wohl noch so neben sich, dass sie überhaupt nichts gecheckt haben.«

»Na dann, worauf warten wir noch?«, sagte Merle unternehmungslustig.

Laura setzte sich im Bett auf. Wollten die Mädchen wirklich ein Picknick machen, obwohl sie und Merle gerade erwischt worden waren? Dachten sie, dass die Luft jetzt rein war?

»Was ist mit dir, Laura?«, fragte Shirin. »Kommst du mit?«

Mitmachen oder nicht? Laura wollte keine Außenseiterin sein. Doch bevor sie antworten konnte, fing das Bett an zu schwanken. Ein Erdbeben? Sie klammerte sich an der Bettkante fest.

»Verdammt, es ist schon Mitternacht!«, hörte sie Merle fluchen. »Der Switch kommt!«

Der Raum drehte sich. Einen Moment lang sah Laura alles doppelt. Sie spürte, wie Übelkeit in ihr hochstieg. Alles, was sie sah, wurde plötzlich gerastert wie ein schlechtes Computerbild.

Dann wurde es um sie herum schwarz.

Geheimnisse

Laura kämpfte gegen ihre Übelkeit an und tastete im Dunkeln umher, um sich zurechtzufinden. Sie ergriff einen Vorhang. Er fühlte sich vertraut an. Noch ein paar Zentimeter weiter nach rechts. Da stand ihr Nachttisch mit der Lampe. Sie fand den Schalter und knipste ihn an.

Zu Hause. Das heißt, zu Hause bei Papa. Da war ihr Zimmer, ihr Himmelbett, ihre Ottomane. Das Regal mit den Büchern. Ihr Rucksack, in dessen Seitenfach die goldene Taschenuhr steckte.

Laura blickte auf die Uhr. Eine Minute nach Mitternacht. Sie seufzte tief.

Zurück in der vertrauten Welt.

Es war Montag, der 23. Mai.

Laura war überrascht, dass sie ein leises Bedauern spürte. Vielleicht hätte sie ja doch bei dem Picknick mitgemacht … Ob sie das am nächsten achten Tag nachholen würden?

Sie starrte an die Decke ihres Himmelbetts. Jetzt war alles wieder ganz normal. Laura würde zur Schule gehen, Elias' Frechheiten ertragen und sich ganz sicher über Mamas neuen Freund ärgern. Sie würde sich wünschen, Dinge ändern zu können, ohne die geringste Chance dazu zu haben. Denn in dieser Welt gab es keine Magie, sondern nur Regeln. Und dazwischen vielleicht mal ein bisschen Glück oder einen Haufen Pech.

Laura knipste das Licht aus und war kurz darauf eingeschlafen.

Am nächsten Morgen herrschte Hektik, weil Laura verschlafen hatte. Sie hatte vergessen, die Weckfunktion ihres Handys zu aktivieren. Und Papa hatte schon eine Stunde in seiner Werkstatt gearbeitet, bis ihm einfiel, dass Laura noch bei ihm war und er sie heute zur Schule bringen sollte.

Papa und Laura trafen ungefähr zur gleichen Zeit in der Küche ein, Papa voller Holzmehl und mit einer frischen Schnittwunde an der Hand, weil er mit dem Schnitzmesser abgerutscht war. Laura war ungewaschen und hungrig. Sie hatte schlechte Laune, weil sie zu spät dran war. Außerdem waren alle Schulsachen noch bei Mama, weil niemand an sie gedacht hatte.

»Soll ich dich krank melden?«, schlug Papa vor.

Laura überlegte und schüttelte den Kopf. Das wäre wieder Wasser auf Mamas Mühlen. Valerie würde behaupten, dass Papa nichts auf die Reihe kriegte. Das wollte Laura auf keinen Fall.

»Macht nichts, wenn ich etwas später komme«, schwindelte Laura. »Die ersten beiden Stunden fallen sowieso aus.«

Das war nur halb gelogen. Die erste Stunde fand zwar statt, aber der Mathelehrer Herr Mahlke fehlte noch immer. Seine Bandscheibengeschichte war eine längere Angelegenheit, und bisher hatte die Klasse 8 b noch keine richtige Vertretung. Laura konnte also hoffen, dass sie nicht allzu viel versäumte.

»Ich weiß auch gar nicht, wie ich dich zur Schule bringen soll«, sagte Papa. »Das Auto habe ich ja abgeschafft, nachdem der Motor kaputtgegangen ist. Ich habe nur den Transporter …«

»Nein, danke!«, lehnte Laura schnell ab. Die Ape war ein dreirädriges Fahrzeug mit einer Ladefläche, auf der Papa seine Möbel transportieren konnte. In der Fahrerkabine konnten zwar notfalls zwei Leute sitzen, aber es war sehr eng.

»Ich nehme einfach den Bus, kein Problem«, verkündete Laura. Früher, als sie noch alle in der Villa wohnten, war sie immer mit dem Bus gefahren. Dass sie jetzt täglich mit dem fahrerlosen Auto zur Schule gebracht wurde, war eigentlich Luxus.

»Dann bin ich beruhigt«, meinte Papa und strich sich fahrig über das schüttere Haar. »Willst du nicht frühstücken? Äh, da fällt mir ein, ich muss erst wieder einkaufen. Das Brot ist ausgegangen, und mir fehlen auch ein Dutzend andere Sachen.«

»Mach dir keinen Stress«, beruhigte Laura ihren Vater. »Ich kauf mir was am Kiosk.«

Darauf steckte Papa ihr prompt einen Geldschein zu. Laura wollte ihn erst nicht nehmen, weil sie wusste, wie knapp ihr Vater immer mit dem Geld war. Aber Papa bestand darauf. Also behielt Laura den Schein.

»Was ist los mit dir?«, empfing Olivia sie, als sie während der ersten Pause in die Schule kam. »Ich habe schon gedacht, du bist krank.«

»Ich hab bei Papa übernachtet und verschlafen«, erzählte Laura. »Außerdem habe ich keine Schulsachen dabei. Kannst du mir aushelfen?«

»Klar, du bekommst von mir Block und Stifte«, sagte Olivia. Sie hakte sich bei Laura unter. »Wie war dein Wochenende?«

»Och, so gemischt«, antwortete Laura. »Am Freitag war Mamas neuer Freund zum Essen da. Elias hat wieder einmal dafür gesorgt, dass das Ganze eine Katastrophe geworden ist.«

»Oje.« Olivia kicherte. Sie kannte Elias gut und beneidete Laura nicht um ihren Bruder. »Und wie ist er so?«

»Elias? Keine Ahnung, Mama wollte heute mit ihm zum Arzt.«

»Ich meine den neuen Freund.«

»Frag lieber nicht.« Laura verdrehte die Augen. »Typ Mister Oberwichtig. Du weißt schon, Anzug, Krawatte und so. Dauernd hat sein Tablet geklingelt. Zu uns war er zuerst superfreundlich, aber dann hat Elias ihn in die Hand gebissen.«

Olivia kicherte wieder.

»Ich mag ihn nicht«, fuhr Laura fort. »Ich glaube, in Wirklichkeit ist er eiskalt.« Sie musste an ein Märchen denken, das sie gelesen hatte. Darin kam ein Mann vor, der anstatt eines Herzens einen Stein hatte. Das konnte sie sich gut bei Bernd Asshoff vorstellen. Vielleicht hatte er auch einen Eisblock in der Brust.

»Klingt nicht gut.«

»Er ist nicht nur ihr Freund, sondern auch ihr Chef. Doppelt schlimm.«

»Allerdings.«

Es klingelte, die Pause war zu Ende. Olivia und Laura gingen zum Klassenzimmer.

»Gibt's bei dir was Neues?«, erkundigte sich Laura, als sie auf ihren Plätzen saßen. Die Lehrerin war noch nicht da.

Olivia wurde rot und druckste herum. »Ich hab mit Severin geredet.«

Laura erinnerte sich. Severin war der neue Nachbarsjunge, in den sich Olivia verknallt hatte. »Erzähl!«

»Ich hab ja die ganze Zeit überlegt, wie ich ihn ansprechen kann, ohne dass es auffällt. Am Samstag bin ich ihm dann fast vors Rad gelaufen.«

»Mit Absicht?«

Olivia schüttelte den Kopf. »Nein, Zufall. Ich wollte los, um mir ein neues Oberteil zu kaufen. Sonst bestelle ich ja meistens online, aber kürzlich hat bei uns um die Ecke ein neuer Laden aufgemacht. Die haben da superschöne Sachen. Der Samstag war der letzte Tag, an dem es noch die Eröffnungsangebote gab.«

»Aha.«

»Also, ich hab gar nicht an Severin gedacht und bin ihm direkt vors Rad gelaufen. Er konnte gerade noch bremsen. Zwei Zentimeter, und er hätte mich erwischt.«

»War er wütend?«

»Nein, überhaupt nicht. Nur erschrocken. Er hat mich hundert Mal gefragt, ob mir nichts passiert ist, und dann sind wir zusammen ein Eis essen gegangen.« Olivia strahlte. »Er ist so nett, das kannst du dir gar nicht vorstellen …«

Während der Englischstunde erfuhr Laura noch weitere Details. Schließlich wurde es der Lehrerin zu viel.

»Ist endlich Ruhe, oder muss ich euch beide auseinandersetzen?«

Olivia und Laura versprachen, ab jetzt besser aufzupassen. Es fiel Olivia schwer, den Mund zu halten. Laura war ganz froh, dass ihre Freundin so viel geredet hatte. Das lenkte sie von ihren eigenen Abenteuern ab. Obwohl sie inzwischen überzeugt war, dass sie die Sache mit dem achten Tag nicht geträumt hatte, war das Ganze noch immer zu unglaublich, um jemandem davon zu erzählen …

»Elias bekommt jetzt ein neues Medikament«, erzählte Lauras Mutter. Sie war zur Mittagszeit ausnahmsweise zu Hause. Amy war außer Betrieb und stand regungslos im Flur herum. Es tat Laura leid, den Haushaltsroboter so zu sehen. Obwohl Amy manchmal genervt hatte, war sie ihr irgendwie ans Herz gewachsen. Manchmal hatte Laura sogar vergessen, dass Amy nur eine Maschine war.

»Hoffentlich helfen die Tabletten«, sagte Laura und tätschelte Amys Teleskoparm, was Valerie Lilienstedt veranlasste, die Augenbrauen hochzuziehen.

»Das hoffe ich doch sehr«, erwiderte sie. »Laut Aussage des Arztes können die Tabletten Wunder wirken.«

Laura kam es so vor, als hätte sie diesen Satz schon öfter gehört. Sie konnte sich jedenfalls nicht vorstellen, dass aus Elias plötzlich ein ganz normaler Junge werden würde.

Ihr Bruder hatte wieder einmal ein neues Computerspiel bekommen (wie meistens nach einem Arztbesuch) und war schon in seinem Zimmer verschwunden.

»Wie war's in der Schule?«, fragte Mama.

»Wie immer«, antwortete Laura. »Ich hatte meine Sachen nicht dabei, weil die noch hier waren.«

»Ach so. Tut mir leid. Daran habe ich nicht gedacht.«

Mama fuhr sich über die Stirn. Sie wirkte nervös. Laura betrachtete sie genau. Sah sie nun Magistra Elisa ähnlich oder nicht? Laura war sich nicht schlüssig.

»Und wie war es bei deinem Vater?«, fragte Mama weiter.

»Schön. Wir waren im Theater. In *Frau Holle*. Papa hat am Bühnenbild mitgearbeitet.«

»Ach je. Du in deinem Alter und *Frau Holle*. Das ist doch was für Kleine. Und bestimmt hat Peter wieder ehrenamtlich gearbeitet, das ist typisch für ihn. Bastelt tagelang herum und bekommt dann höchstens ein paar Freikarten. Oder habt ihr für den Eintritt bezahlt?«

Laura schüttelte den Kopf und bereute, dass sie überhaupt etwas erzählt hatte.

Mama war schon wieder abgelenkt. Sie hatte das Telefon in der Hand und wählte Amys Service-Firma. Die Firma war, was die Technik anging, genauso fortschrittlich wie Mama, und Frau Lilienstedt strahlte, als vor ihr der Kopf des Service-Mitarbeiters als Hologramm erschien. Endlich konnte sie ihren Gesprächspartner einmal in 3-D sehen.

»Robot-Tech, guten Tag«, begrüßte er sie. »Mein Name ist Jonas Baum. Wie kann ich Ihnen helfen?«

Mama brachte ihr Anliegen vor. »Ich bin nicht zufrieden mit dem Modell. Ich habe einige Updates genau nach Anleitung aufgespielt, aber unser Roboter hat immer wieder Ausfälle.«

Der Mann bot an, einen Kollegen vorbeizuschicken, damit er sich Amy vor Ort ansah.

»Mir wäre es lieber, Sie würden Amy gleich austauschen«, sagte Mama. »Auf Ihrer Website habe ich Ihr neues Modell gesehen, das entspricht vermutlich mehr unseren Anforderungen.«

Laura hätte am liebsten dazwischengerufen, weil Mama Amy einfach entsorgen wollte. Am Ende würde Amy auf der Müllkippe landen! Laura hielt sich die Ohren zu und rannte in ihr Zimmer. Dort fand sie jedoch auch keine Ruhe. Sie kauerte sich aufs Bett, stand wieder auf, lief hin und her, um sich dann wieder hinzusetzen. Schließlich kramte sie die goldene Taschenuhr aus ihrem Rucksack und hielt sie in der Hand. Sie klappte den Deckel auf, las CARPE DIEM und fragte sich zum x-ten Mal, warum diese Uhr in ihre Hände geraten war. Eins stand fest: Diese Uhr hatte das Tor zu der magischen Welt geöffnet. Aber warum? Was sollte Laura da? Hatte sie auch ein Talent?

Tick tack, tick tack, tick tack, tick tack …

Die Zimmertür sprang auf, und Valerie Lilienstedt stürzte herein. Sie war wütend. Laura ließ die Taschenuhr blitzschnell unter ihrem Kissen verschwinden.

»Kannst du nicht anklopfen?«

Mama ging nicht darauf ein, sondern wetterte los: »Diese Firma ist unmöglich. Sie wollen Amy nicht austauschen, sondern einen Techniker schicken, um sie zu reparieren. Dabei steht im Leasingvertrag, dass ich bei Störungen Anspruch auf Ersatz habe. Aber weißt du, was mir der Mann vom Service gesagt hat? Unser Modell sei nicht einfach nur ein Roboter, sondern eine *Künstliche Intelligenz* und damit lernfähig, und man sei sich nicht sicher, ob diese Roboter auch ein Ich-Bewusstsein entwickeln könnten. Jedenfalls dürfte man sie nicht so einfach verschrotten.« Sie blickte Laura empört an. »Ist das nicht die Höhe?«

Es schien, als sei Amy gerettet. Laura konnte sich gerade noch ein glückliches Grinsen verkneifen. »Das ist doch super, wenn Amy repariert werden kann!«

»Pfff«, schnaubte ihre Mutter nur. »Die neue Version würde viel besser zu uns passen. Der Beschreibung nach kann sie *Haute Cuisine*, und wenn Bernd jetzt öfter bei uns isst …«

Bernd Asshoff! Laura spürte einen Stich in der Brust.

»Übrigens habe ich deinen Chef am Samstag gesehen«, sagte sie.

»Aha, und wo?«

»Im Theater. Und er war nicht allein.« Laura machte eine Pause.

»Wer war denn dabei?«, fragte Valerie interessiert.

»Ein Mädchen im Rollstuhl«, antwortete Laura. »Ungefähr in meinem Alter. Seine Tochter kann es ja nicht sein – falls er uns nicht angelogen hat.« Sie wartete gespannt auf Mamas Reaktion. »Ich fand, sie sah ihm ziemlich ähnlich«, setzte sie noch eins drauf. Das war geschwindelt. Aus der Entfernung hatte Laura das gar nicht sehen können.

Valerie Lilienstedt wirkte einen Moment lang verunsichert. Dann zuckte sie mit den Schultern. »Sicher gibt es eine Erklärung dafür. Es wird eine Bekannte gewesen sein oder jemand aus der Verwandtschaft.« Sie wechselte das Thema und erzählte ausführlich von dem Arztbesuch und den neuen Tabletten, die Elias jetzt nehmen musste. »Sie sollen ihn beruhigen und seinen Bewegungsdrang auf ein normales Maß herunterschrauben. Es ist ein ganz neuartiges Mittel, das bei uns erst seit Kurzem auf dem Markt ist. In Amerika hat man damit große Erfolge erzielt. Leider übernimmt die Krankenkasse nicht die Kosten, und ich muss das Medikament selbst bezahlen. Aber was soll's. Wenn es Elias hilft, dann ist es mir egal, auch wenn mich die Tabletten ein Viertel meines Verdienstes kosten.«

»Dann kannst du ja Asshoff gleich um eine Gehaltserhöhung bitten«, rutschte es Laura heraus. Sie war es einfach leid zu hören, was ihre Mutter alles für Elias tat. Wenn Papa dagegen eine etwas höhere finanzielle Unterstützung wollte, dann blockte Mama gleich ab.

»Ich kann Bernd jetzt unmöglich darum bitten«, erwiderte ihre Mutter. »Er würde denken, dass ich ihn ausnutzen will – jetzt, wo wir zusammen sind.«

Das gab Laura einen erneuten Stich. *Zusammen sein* –

das klang nach mehr als nur nach einem lockeren Date. Ihr Magen rumorte, aber nach einer Weile identifizierte sie das Gefühl als Hunger. Kein Frühstück, kein Pausensnack und bisher auch kein Mittagessen …

»Ich habe Hunger«, sagte Laura und stand auf. »Ich werde mir jetzt Bratkartoffeln und Spiegeleier machen. Willst du auch was?«

»Weißt du denn, wie das geht?«, fragte Mama überrascht.

»Ich habe Amy oft genug dabei zugesehen«, antwortete Laura.

»Warte, ich helfe dir«, sagte Mama.

Kurz darauf standen sie beide in der Küche und schälten Kartoffeln. Laura bemerkte mit heimlichem Vergnügen, dass sich ihre Mutter dabei noch unbeholfener anstellte als sie selbst. Als Laura eine geschälte Kartoffel ins Wasser plumpsen ließ, fiel ihr ein, dass Magistra Elisa Merle und sie zum Küchendienst verdonnert hatte. War dies hier ein Vorgeschmack auf das, was sie in der Feenküche erwartete? Laura lächelte vor sich hin.

»Du scheinst glücklich zu sein«, stellte ihre Mutter fest, die Lauras Lächeln bemerkt hatte. »Willst du mir vielleicht etwas erzählen?«

Ihr Ton war weich und säuselnd, der *Aushorch*-Modus, den Laura nur allzu gut kannte.

Sie schüttelte den Kopf. Sie konnte ihre Mutter unmöglich in die Sache mit dem achten Tag und all die Merkwürdigkeiten einweihen. Valerie Lilienstedt würde Laura unverzüglich in die nächste psychiatrische Notaufnahme schleppen, um ihren geistigen Zustand überprüfen zu lassen.

»Geht dein Geheimnis vielleicht in deine Schule und ist männlich?«, bohrte Mama weiter.

Komm schon, Töchterlein, erzähl mir von dem Jungen, in den du dich verliebt hast!

Laura war sich nicht sicher, ob Mama die Lippen bewegt hatte oder ob es nur wieder die Stimme in ihrem Kopf gewesen war. Aber es war ja auch einfach zu erraten, was Mama in diesem Moment gedacht hatte.

»Ich bin in keinen …« Laura hielt inne. Warum eigentlich nicht? Warum sollte sie Mama nicht eine Lügengeschichte auftischen, was das »Geheimnis« betraf? Das war immer noch besser, als die Wahrheit zu erzählen. Die Wahrheit, die so unglaublich war …

»Wie heißt er denn?«, fragte Mama und lächelte milde.

»Severin«, antwortete Laura, weil ihr gerade kein anderer Name einfiel. »Ich bin ihm vor der Schule fast ins Fahrrad gelaufen.«

»Oh. Dann geht er in deine Schule?«

»Ähm, ja. In die 10 a. Er ist schon fünfzehn.« Es war erstaunlich, wie leicht ihr das Lügen fiel.

Mama wollte weitere Einzelheiten wissen, und Laura erzählte ihr alles, was Olivia ihr zugeflüstert hatte. Die Mutter war zufrieden, und so plumpste Kartoffel um

Kartoffel in den Topf. Laura stellte ihn auf den Herd und schaltete das Kochfeld ein. Eine halbe Stunde später waren die Kartoffeln gar. Jetzt mussten sie nur noch zerschnitten und in der Pfanne geröstet werden. Das Kochen machte Laura Spaß. Von dem Geruch angelockt, steckte Elias seinen Kopf in die Küche.

»Mmhh, das riecht ja lecker! Was gibt's denn?«

»Bratkartoffeln und Spiegeleier.«

»Kocht Amy nicht?« Anscheinend erinnerte er sich nicht daran, dass er den Roboter am vergangenen Samstag mit seinem Befehlschaos lahmgelegt hatte.

»Mama und ich haben gekocht«, sagte Laura. »Setz dich, das Essen ist gleich fertig.«

Wenig später saßen sie rund um den Esstisch und aßen einträchtig zusammen – ohne Gemecker, ohne Geschimpfe und ohne Geschrei. Es war richtig idyllisch.

Nur Papa fehlte.

Die teuren Tabletten schienen tatsächlich zu helfen. Laura war glücklich, weil ihr Leben jetzt so viel einfacher und friedlicher war. Doch das vermeintliche Glück währte nicht lange. Am Donnerstag wurde Elias mit einem gebrochenem Arm und einer Gehirnerschütterung ins Krankenhaus eingeliefert. Er war beim Schulsport gestürzt, als er gerade an den Ringen geturnt hatte.

Mama musste während der Arbeitszeit in die Klinik fahren, und Laura erfuhr erst am Abend, was los gewesen war. Am Nachmittag hatte sie ganz allein den Techniker von Robot-Tech beaufsichtigen müssen. Er war gekommen, um Amy zu reparieren.

Laura sah gespannt zu, wie er Amy auseinandernahm. Er überprüfte die Teile und tauschte einige aus. Dann baute er sie wieder zusammen, spielte das Betriebssystem neu auf und setzte zuletzt den Memo-Speicher wieder ein, über den er ein Reparaturprogramm hatte laufen lassen. Als er den Startknopf drückte, schlug Amy die Augen auf, sah Laura an und sagte mit leiser Stimme: »Hallo.«

»Hallo, Amy«, erwiderte Laura. »Schön, dass du wieder da bist.«

Amy blinzelte mit ihren grünen Augen. »Iss freue miss auch!« Sie streckte ihre Teleskoparme nach Laura aus. Einen Augenblick lang hatte Laura das Gefühl, dass Amy sie umarmen wollte, doch dann zwitscherte Amy mit ihrem vertrauten Sprachfehler: »Smutzzzwäsche bittä!« Sie zupfte an Lauras T-Shirt.

»Oh nein, Amy, das habe ich erst heute Morgen frisch angezogen«, sagte Laura und befreite das T-Shirt aus Amys Roboterfingern. Der Techniker hatte inzwischen seine Sachen zusammengepackt.

»Jetzt sollte sie wieder einwandfrei laufen«, meinte er. »Wenn etwas nicht stimmt, soll deine Mutter sich melden.«

Laura nickte und musste einen Zettel unterschreiben. Dann verließ der Techniker die Wohnung. Amy rollte hinter ihm her und plärrte nach Schmutzwäsche. Als die Tür hinter dem Mann zugefallen war, wirkte sie ganz traurig und drehte sich in Zeitlupentempo um.

»Amy, du kannst dem Mann doch nicht die Kleider vom Leib reißen!«, sagte Laura leicht vorwurfsvoll. »So was macht man nicht!«

»Amy will auch Mann«, murmelte Amy, bevor sie in die Küche surrte und sich dort über das schmutzige Geschirr hermachte.

Mama war ganz aus dem Häuschen, als sie abends aus dem Krankenhaus kam.

»Diese Tabletten taugen nichts«, beschwerte sie sich, während sie von Amy eine Tasse frisch gebrühten Kaffee entgegennahm. »Elias sagt, er sei einfach eingeschlafen, während er an den Ringen geturnt hat. Deswegen ist er abgestürzt.«

»Aber das Medikament hat doch so gut gewirkt«, wandte Laura ein.

»Tja, aber Elias schläft offenbar dadurch dauernd ein«, erwiderte die Mutter. »Wir können von Glück reden, dass nichts Schlimmeres passiert ist. Genauso gut hätte er in ein Auto laufen können.«

Die Tabletten wurden also abgesetzt, und schon am nächsten Tag beschwerten sich die Krankenschwestern, dass Elias ein sehr anstrengender Patient sei und sie ständig auf Trab hielte.

Laura besuchte ihren Bruder am Freitagnachmittag in der Klinik, bevor sie zu Papa fuhr. Elias lag im Bett, den rechten Arm verbunden, und blickte auf einen Bildschirm, der ohne Ton lief.

»Wie geht's dir?«

»Beknackt.«

»Hast du Schmerzen?«

»Ja, bei jedem Wort, das du sagst. Warum hast du mir nicht meinen Laptop mitgebracht?«

»Weil du dich ausruhen sollst. Vor allem wegen deiner Gehirnerschütterung.«

»Pffff. Kannst du mir wenigstens Kekse vom Kiosk holen?«

»Okay.« Wenn sie ihm mit Keksen eine Freude machen konnte, dann würde sie ihm eben welche holen.

Der Kiosk befand sich im Erdgeschoss, und Laura brauchte eine halbe Stunde, bis sie die Kekse besorgt hatte. Unterdessen hatte Elias von irgendwoher eine kleine, uralte Spielkonsole ergattert und drückte mit Begeisterung auf die Knöpfe. Er konnte zwar nur die linke Hand benutzen, aber das schien ihn nicht zu stören. Quietschen, Summen und Knattern erfüllten den Raum. Es klang schrecklich. Selbst ein Gesunder bekam davon Kopfweh.

»Hier, deine Kekse.« Laura legte ihm die Packung auf die Bettdecke.

Elias schenkte seiner Schwester kaum Beachtung. Er griff mit der gesunden Hand nach den Keksen, riss die

Packung geübt mit den Zähnen auf und stopfte sich den ersten Keks in den Mund. Erst da sah Laura, dass der Keks mit Schokolade überzogen war.

»Lass, Elias, da ist Schokolade dabei. Du darfst nicht …« Sie wollte ihm die Packung wieder wegnehmen, aber was Elias besaß, das gab er nicht mehr her.

»Komm schon! Sei vernünftig! Du weißt, dass es dir dann nicht gut geht!«

Keine Chance.

Laura konnte gerade noch ihre Hand vor Elias' Zähnen retten.

»Kauf ihm einen Maulkorb«, war Olivias Rat, als Laura sie per Handy anrief. Nach dem Krankenhausbesuch hatte Laura dringend jemanden gebraucht, um sich über Elias zu beschweren. Sie redeten auch ungefähr eine Minute lang über den anstrengenden Bruder, dann kam Olivia wieder auf ihr Lieblingsthema zurück: Severin.

»Oh Laura, du kannst dir nicht vorstellen, wie es ist, wenn man verliebt ist«, schwärmte sie. »Die ganze Welt ist irgendwie bunter! Ich habe auch viel mehr Energie! Ich könnte Bäume ausreißen! Und das Tollste ist: Ich habe schon zwei Kilo abgenommen!«

Laura seufzte. Olivia hatte einen Tick: Sie empfand sich immer als zu dick, dabei hatte sie eine Superfigur. Ständig probierte sie Diäten aus, war glücklich, wenn sie ein Kilo verloren hatte, und zu Tode betrübt, sobald es wieder da war. Einmal verzichtete sie auf alles mit Zucker, ein anderes Mal aß sie nur Erdbeeren, und eine Zeit lang hatte sie täglich auf nüchternen Magen ein Glas Zitronensaft getrunken.

»Sie haben Ihr Ziel erreicht«, sagte die mechanische Stimme des Navi-Systems. Das fahrerlose Auto hielt vor Papas Villa.

»Ich muss Schluss machen«, sagte Laura zu Olivia. »Wir sehen uns am Montag. Schönes Wochenende. Ciao.« Sie öffnete die Tür und stieg aus. Das Auto wendete und fuhr davon.

Laura durchquerte den Vorgarten und läutete. Niemand öffnete. Wahrscheinlich werkelte Papa wieder in seiner Werkstatt. Laura ging ums Haus herum nach hinten. Ein Eichhörnchen huschte knapp vor ihren Füßen vorbei. Das war sicher Heiner, dem Papa immer ein paar Nüsse schenkte, wenn er zu Besuch kam. Anscheinend traute Heiner sich aber nur näher heran, wenn Papa allein war.

Die Terrassentür stand offen, und Laura betrat die Villa. Im Flur legte sie ihr Gepäck ab und ging in die Küche. Auf dem Tisch stand eine Tasse mit einem Rest Kaffee, der sicher längst kalt war. Daneben lag eine aufgeschlagene Zeitung und Papas Lesebrille. Laura griff nach der Brille und steckte sie ordentlich zurück in das Etui, damit Papa nicht lange suchen musste. Dabei entdeckte sie auf der Anrichte einen Stapel geöffneter Briefe.

Neugierig blätterte Laura sie durch. Entsetzt stellte sie fest, dass es sich um etliche Rechnungen und sogar um einige Mahnungen handelte. Papas finanzielle Lage war offenbar noch schlechter, als sie gedacht hatte. Mit einem mulmigen Gefühl im Bauch machte sie sich auf den Weg in die Werkstatt.

»Hallo, mein Mäuschen!« Papa sah von einem Stuhl auf, den er gerade bearbeitete, und strahlte. »Schön, dass du da bist!«

Laura umarmte ihn. Papa roch so gut nach Papa, der Geruch verströmte wie immer Geborgenheit. Trotzdem spürte sie noch das Grummeln im Bauch. Sie entschied sich, ihn auf die Sache anzusprechen.

»Papa, brauchst du Geld?«

»Wie kommst du denn auf diese Idee, Schätzchen?«

Laura wurde rot. Sie wusste, dass man keine fremden Briefe lesen sollte. Schließlich gab es das Briefgeheimnis. Aber das hier war eine Ausnahme. Schließlich ging es um eine ernste Angelegenheit.

»Ich hab vorhin zufällig die Briefe gesehen …«

Ein Schatten schien über Papas Gesicht zu huschen. Doch sofort hatte er sich wieder im Griff und lächelte.

»Ach, du meinst die Rechnungen. Mach dir keine Sorgen, ich hatte in der letzten Zeit viel zu tun und bin einfach nicht zur Bank gekommen, um die Gelder zu überweisen. Das werde ich gleich am kommenden Montag tun. Versprochen!«

Aber Laura ließ sich nicht so einfach beschwichtigen. »Es waren eine ganze Menge Mahnungen …«

Jetzt wurde ihr Vater tatsächlich rot. »Ja, okay, es stimmt, ich bin im Moment etwas knapp, weil ein paar Kunden von mir noch nicht bezahlt haben. Aber das ausstehende Geld müsste in den nächsten Tagen kommen.«

Er log. Laura sah es ihm an. Sie musste unbedingt mit Mama reden. Wenn Papa in Nöten war, dann musste sie ihm helfen! Wozu verdiente sie so viel Geld bei TEMP? Für einen neuen Roboter oder ein zweites fahrerloses Auto?

»Lass uns über etwas anderes reden«, sagte Papa und stellte den Stuhl auf den Kopf, um die Beine mit Sandpapier zu bearbeiten. »Was gibt es Neues?«

»Du weißt, dass Elias im Krankenhaus ist?«, fragte Laura. »Ich habe ihn gerade besucht. Es geht ihm schon wieder besser, er ist frech wie immer.«

»Valerie hat mir berichtet, dass er beim Schulsport gestürzt ist.« Die Falten auf Papas Stirn vertieften sich. »Ich soll nicht ins Krankenhaus kommen, weil er Ruhe braucht. Hm. Und du warst eben da, sagst du?«

Laura nagte an ihrer Lippe. Sie verstand nicht, warum Mama immer verhindern wollte, dass Papa Elias sah. Olivia meinte, dass so etwas ganz normal war bei Paaren, die sich getrennt hatten. Sie taten sinnlose Dinge, nur um einander zu ärgern und das Leben schwer zu machen.

»Er hat einen gebrochenen Arm und eine Gehirnerschütterung«, sagte sie. »Es ist ein glatter Bruch, aber Elias muss eine Weile eine Schiene tragen. Und wegen der Gehirnerschütterung wollen sie ihn ein paar Tage im Krankenhaus beobachten.«

Papa nickte. »Bei Valerie hat sich alles so dramatisch angehört. Ich gehe am Montag zu ihm. Oder wir besuchen ihn am Sonntag gemeinsam.«

Laura hatte eigentlich keine Lust, am Sonntag schon wieder ins Krankenhaus zu gehen, vor allem, wenn sich Elias so schrecklich verhielt. Sie konnte sich tausendmal sagen, dass er nichts dafür konnte und seine Krankheit daran schuld war. Manchmal war es einfach zu viel.

»Hat du Hunger?«, fragte Papa. »Sicher hast du noch nicht zu Abend gegessen. Was hältst du von Bratkartoffeln und Spiegelei?«

Der Samstag verging wie im Flug. Die Stunden bei Papa schienen einfach ein anderes Tempo zu haben als die bei Mama. Laura überlegte, ob es vielleicht irgendwo einen Zeitbeschleuniger gab. Sie half Papa beim Restaurieren. Am Abend legte er das Uhrwerk einer alten Pendeluhr auf den Tisch und versuchte, es wieder zusammenzusetzen. Laura sah ihm dabei zu. Es war faszinierend, wie die großen und kleinen Zahnräder ineinandergriffen.

Papa arbeitete mit einer Pinzette. Er hatte die Lesebrille auf die Stirn geschoben und sich eine Lupe ins Auge geklemmt. Jetzt sah er ein bisschen aus wie ein Alien, fand Laura.

»Meinst du, du bekommst die Uhr wieder zum Laufen?«

»Ich hoffe es.« Papa arbeitete so konzentriert, dass sich kleine Schweißperlen auf seiner Stirn bildeten. »Weißt du übrigens, dass die Villa früher einem Uhrmacher gehört hat?«

Lauras Herz setzte einen Schlag aus. »Echt?«

»Ja. Er war hoch verschuldet, vermutlich weil er spielesüchtig war. Die Villa wurde versteigert. Deine Mutter und ich konnten sie zu einem Schnäppchenpreis kaufen. Aaahhhh!« Ein kleines Teilchen sprang von der Pinzette und rollte vom Tisch.

Laura und Papa krochen auf dem Boden herum und suchten das winzige Metallstück. Laura entdeckte es in einer Fliesenfuge. »Hier!«

»Danke!«

Sie setzten sich wieder auf ihre Plätze. Papa versuchte bis Mitternacht sein Glück, musste aber irgendwann aufgeben. Er konnte die Uhr einfach nicht mehr so zusammensetzen, dass alle Teile passten.

»Ich bin eben kein richtiger Uhrmacher.«

Am Sonntag besuchten sie Elias im Krankenhaus. Man hatte ihn inzwischen in ein Einzelzimmer verlegt. Papa wollte mit einem Arzt sprechen, konnte aber keinen erreichen. Elias lag in seinem Bett und war äußerst wortkarg.

»Wenn du gesund bist, kommst du mich wieder mal besuchen«, sagte Papa und fasste nach Elias' Hand. »Ich könnte etwas für dich schreinern, wenn du Lust hast.«

Elias verdrehte nur genervt die Augen.

»Weißt du schon, wann du entlassen wirst?«, fragte Laura.

»Dienstag oder Mittwoch«, knurrte ihr Bruder. »Ich darf aber noch zwei Wochen nicht zur Schule gehen.«

»Nimmt sich Mama dann Urlaub?«, wollte Laura wissen.

»Ich kann auch auf dich aufpassen«, bot sich Papa gleich an.

Elias runzelte nur die Stirn und starrte finster vor sich hin. Er rührte auch das Buch nicht an, das Papa ihm mitgebracht hatte. Bücher interessierten Elias ohnehin nicht.

»Ich habe noch etwas für dich. Daran kannst du dich versuchen, wenn du Langeweile hast.« Papa zog eine Schachtel aus der Tasche. Es klapperte, als er sie auf Elias' Bettdecke stellte.

Elias öffnete ohne großes Interesse die Schachtel. Zu Lauras Überraschung fingen seine Augen dann zu leuchten an. »Was ist das?«

»Ein kaputtes Uhrwerk«, sagte Papa. »Vielleicht kannst du es wieder zum Laufen bringen. Ich hab's nicht geschafft. Ein bisschen Werkzeug ist dabei, und Anleitungen findest du bestimmt im Internet.«

Laura hätte erwartet, dass Elias die Schachtel wütend

zu Boden stoßen würde, aber seltsamerweise schien ihn das Uhrwerk zu faszinieren. Laura war gespannt, ob er sich tatsächlich damit beschäftigen würde. Normalerweise hasste er jede Arbeit, die Geduld und Feinfühligkeit verlangte.

Als Laura und Papa sich verabschieden wollten, drückte Elias Laura die Schachtel in die Hand, und zwar so behutsam wie einen Schatz.

»Kannst du die mit nach Hause nehmen und in meinem Schrank verstecken? Ich will nicht, dass Mama mir das Uhrwerk wegnimmt.«

»Klar, mach ich«, sagte Laura sofort. Sie konnte sich zwar nicht vorstellen, dass die Mutter ihrem Bruder etwas wegnahm, was ihm am Herzen lag. Aber man konnte nie wissen, das Uhrwerk stammte ja von Papa …

»Danke, du bist lieb«, sagte Elias und sah Laura an.

Laura wurde rot. Es kam selten vor, dass Elias seine Zuneigung ausdrückte.

»Du bist auch lieb«, murmelte sie und gab ihm einen schnellen Kuss auf die Wange, bevor sie mit Papa das Krankenzimmer verließ.

Als Laura am Abend wieder in ihrer Wohnung war, versteckte sie die Schachtel in Elias' Schrank, genau wie sie es abgemacht hatten. Kater Samson schaute Laura dabei zu und blickte dann mit wissenden Augen zu ihr auf.

»Wehe, du verrätst mich!«, sagte Laura. »Aber zum

Glück kannst du ja in dieser Welt nicht sprechen. In der Menschensprache, meine ich.«

Samson wich den ganzen Abend nicht von ihrer Seite. Beim Abendessen saß er zu ihren Füßen, und er lag auf ihrem Schoß, als sie noch ein bisschen an ihrem Tablet spielte. Als sie ins Bett ging, rollte er sich auf ihrem Kopfkissen zusammen.

»Ich weiß, warum du so anhänglich bist, Samson«, murmelte Laura und streichelte sein Fell, das unter ihren Fingern knisterte. »Du willst diesmal den achten Tag nicht verpassen, stimmt's?«

»Genau!«, antwortete Samson. Vielleicht hatte er auch nur »Miau!« gesagt, oder Laura hatte »Genau!« bloß in ihrem Kopf gehört. Egal.

»Ich bin ja froh, wenn du mich begleitest«, sagte Laura.

Wenig später war sie eingeschlafen.

Sie erwachte, weil Samson auf ihrer Brust stand und ungeduldig mit den Beinen trampelte.

»Au, du tust mir weh!«, schimpfte Laura.

Als sie nach dem Kater griff, fühlte sie, dass wieder die goldene Taschenuhr um seinen Hals hing. Sie richtete sich auf und wunderte sich diesmal nicht, dass sie in dem Stockbett lag.

Achttag.

Sie tastete nach ihrem Handy, das sie beim Schlafengehen mit ins Bett genommen hatte, und schaltete die

Taschenlampenfunktion ein. Dann zog sie Samson auf ihren Schoß und wollte die goldene Uhr aufklappen, um zu sehen, wie spät es war.

»Es ist null Uhr zwanzig, und deine Mitbewohnerinnen sind ausgeflogen«, sagte Samson. »Du erinnerst dich – sie wollten ein Picknick machen. Offenbar wolltest du nicht mit, sonst wärst du jetzt unterwegs.«

»Was heißt das – ich wollte nicht mit?«, rief Laura empört und sprang vom Bett. »Die anderen sind einfach ohne mich losgegangen. Ich hab verschlafen. So ein Mist!«

Sie sprang von ihrem Stockbett. Jetzt, eine Woche nach dem letzten Achttag, konnte sie es gar nicht erwarten, etwas zusammen mit ihren Mitbewohnerinnen zu unternehmen. Anscheinend hatten die anderen das Switchen aber besser im Griff und waren um Mitternacht wach geblieben. Warum hatte Samson Laura nicht früher geweckt?

Rasch zog sie eine Strickjacke an und sah sich nach passenden Schuhen um. Die rosafarbenen Pantoffeln waren ihr dabei immer im Weg.

»Weg mit euch, ihr stört!«, fauchte Laura. Sie schlüpfte in ihre Stiefeletten. Mit dem Handy in der Hand stürmte sie zur Tür hinaus, gefolgt von Samson.

»Du trampelst wie ein Elefant«, maunzte dieser. »Willst du alle im Schloss wecken?«

Das wollte Laura natürlich auf keinen Fall. Auf Zehenspitzen ging sie weiter. Sie fand das Treppenhaus. Samson lief wie ein Schatten hinter ihr her.

Als Laura im Erdgeschoss ankam, suchte sie die Treppe, die in den Keller führte. Aber sie konnte den Eingang nicht mehr finden. Irritiert blieb sie stehen und versuchte sich zu erinnern, welchen Weg Merle genommen hatte. Hatte sie vielleicht das falsche Treppenhaus erwischt? Führte nicht jedes in den Keller des Schlosses?

»Also zurück und das Ganze noch mal!«, murmelte Laura und kehrte um.

Im zweiten Stock angekommen, drehte sie sich einmal um sich selbst, in der Hoffnung, einen Anhaltspunkt zu entdecken. Währenddessen saß Samson auf dem Boden und leckte sich die Pfoten.

»Ich finde den Weg nicht mehr«, gestand Laura. »Kannst du mir helfen? Du bist doch schon im ganzen Schloss umhergeschlichen.«

»Na, dann komm mit«, erwiderte der Kater ruhig und setzte sich in Bewegung. Laura ging hinter ihm her und musste sich mühsam beherrschen. Am liebsten hätte sie ihn ausgeschimpft, weil er seelenruhig zugesehen hatte, wie sie in die Irre gelaufen war. Aber sie tat es nicht, weil sie befürchtete, dass er dann beleidigt wäre und sie im Stich ließe.

Samson lief den Gang entlang. Laura hatte das Gefühl, dass sie sich nicht mehr im Turm Mercurius befanden, sondern den Turm Venus erreicht hatten. Es war aber auch zu verwirrend mit den ganzen Ecken und Winkeln und den vielen Achtecken!

Sie erreichten ein weiteres Treppenhaus. Samson sprang die Stufen hinunter, Laura konnte ihm kaum folgen.

»Nicht so schnell!«, zischte sie.

Samson blieb stehen und wandte sich um. »Willst du deine Freundinnen noch erwischen oder nicht?«, maunzte er.

»Klar, aber …«

»Dann sei gefälligst nicht so lahm wie eine Schnecke!«

Und schon war der Kater wieder aus dem Lichtkegel des Handys verschwunden.

Laura rannte ihm nach. Sie war sich sicher, dass sie diesmal das richtige Treppenhaus erwischt hatte. Da – der Riss in der Mauer! Der war ihr schon bei der Tour mit Merle aufgefallen. Sie erreichte das Erdgeschoss und fand den Zugang zum Keller. Aber Samson war verschwunden!

»Samson! Wo bist du?«, rief Laura in die Dunkelheit. »Komm her!«

Sie lauschte, ob er irgendwo miaute. Doch es blieb still. Spielte Samson Verstecken mit ihr? Oder hatte er keine Lust mehr, sie zu begleiten, weil er seiner eigenen Wege gehen wollte? Schließlich hatte er sich schon beim ersten Mal im ganzen Schloss herumgetrieben …

»Okay, dann eben nicht«, murmelte Laura. »Ich schaff es jetzt auch allein.«

Sie begann, die dunkle Treppe hinabzusteigen. Nach einigen Stufen war sie schon nicht mehr ganz so mutig. Das Gemäuer war wirklich unheimlich. Die Treppe war viel schmaler als diejenige, die vom Erdgeschoss aus nach oben führte. Sie drehte sich in engen Spiralen um sich selbst. Laura wurde es ein bisschen schwindelig. Stand die Treppe überhaupt still? Oder bewegte sie sich im Kreis?

Laura hielt sich an der Wand fest und versuchte, tief durchzuatmen. »Alles ist in Ordnung«, redete sie sich ein. »Keine Panik!«

Stufe für Stufe arbeitete sie sich nach unten. Von dem modrigen Geruch bekam sie Kopfschmerzen. Meine Güte, wie lang war die Treppe denn noch? Nahm sie kein Ende?

Bestimmt sind die anderen längst weg, dachte Laura.

Samson hatte Anouk, Shirin und Merle als ihre Freundinnen bezeichnet, aber waren sie das? Bedeutete Freundschaft nicht mehr? Am nettesten hatte sich bisher Shirin verhalten. Anouk kam Laura ein bisschen hochnäsig vor. Bei Merle wusste Laura nicht recht, woran sie bei ihr war. Sie schien eine Neigung zur Boshaftigkeit zu haben, aber schließlich hatte sie ja auch ein schlimmes Schicksal. Ob sie in der letzten Woche wieder auf der Straße gelebt hatte?

Werden wir wohl je richtige Freundinnen?, überlegte Laura.

Endlich war sie unten angekommen. Sie erkannte das Gewölbe wieder. Jetzt, da sie allein war, wirkte es auf sie noch unheimlicher als beim ersten Mal. Vor allem das dunkle Wasser machte ihr Angst. Was sollte sie tun, wenn jetzt eines der unheimlichen Wesen herauskletterte, um sie zu packen?

Laura erschauderte. An so etwas durfte sie gar nicht denken! Zaghaft setzte sie einen Fuß vor den anderen und hielt nach dem Boot Ausschau. Wo hatte es gelegen? Sie erinnerte sich an den Steg und lief weiter.

Als sie endlich die Stelle erreichte, war ihre Enttäuschung groß. Das Boot war nicht mehr da!

Das Picknick fand also ohne sie statt.

Niedergeschlagen drehte sich Laura um. Klar, es war auch ihre Schuld, sie hatte ja anfangs wirklich nicht beim Picknick dabei sein wollen. Die Mädchen konnten nicht wissen, dass sie es sich anders überlegt hatte.

Laura fühlte sich einsam und verlassen. Sie war allein in dem riesigen Gewölbe – und jederzeit konnte ein Ungeheuer aus dem Wasser steigen …

Plötzlich vernahm sie ein Geräusch. Schritte. Hinter ihr. Laura hielt die Luft an und blieb stehen, ohne sich zu bewegen. Das Herz klopfte ihr bis zum Hals.

Die Schritte kamen immer näher. Was jetzt? Wegrennen oder sich umdrehen?

Stocksteif stand sie da und lauschte. Das Geräusch der Schritte verstummte. Waren ihre Mitbewohnerinnen in der Nähe und machten sich einen Spaß daraus, sich zu verstecken und sie an der Nase herumzuführen?

Wieder hörte Laura vorsichtige Schritte. Derjenige, der sie machte, schien genauso unsicher zu sein wie sie.

Sie hielt den Atem an. Was würde passieren, wenn man sie erwischte? Wenn sie gleich zweimal hintereinander gegen eine Regel verstieß?

Laura überlegte, ob sie das Licht ihres Handys ausschalten sollte, aber dann würde sie ganz im Dunkeln stehen. Also lieber nicht.

Sie nahm all ihren Mut zusammen. »Ist da jemand?«, rief sie. Sie konnte nicht verhindern, dass ihre Stimme bebte.

Die Schritte stoppten erneut.

»Wer ist da?«, kam es aus dem Dunkel zurück.

Eine fremde Jungenstimme. Also waren es weder Anouk noch Shirin oder Merle. Auf alle Fälle war es kein Erwachsener, der sich da in der Finsternis näherte. Und auch kein Wasserwesen, denn das würde blubbern oder undeutlich sprechen. Nahm Laura jedenfalls an.

Sie holte tief Luft. »Wer fragt?«

Die Schritte kamen näher. Der Schein von Lauras Handy erfasste eine hagere Gestalt. Es war tatsächlich ein Junge, etwas älter als Laura, vielleicht fünfzehn. Er beschirmte seine Augen, weil das weiße Licht ihn blendete.

»Ich bin Severin. Severin Süßkind. Und du?«

Laura lenkte den Lichtstrahl etwas zur Seite. »Laura Lilienstedt.« Sie überlegte, woher sie den Namen Severin kannte. Gleich darauf fiel es ihr ein. Olivias Schwarm hieß Severin … Aber die Namensgleichheit war bestimmt Zufall. So selten war der Name auch nicht.

Severin war groß, sicher 1,80 Meter. Alles an ihm schien ein bisschen zu lang geraten zu sein – die Beine, die Arme, das Gesicht. Auffallend waren seine blonden, wuscheligen Haare, die genauso aussahen wie bei den Supertypen in den Mangas, nach denen Olivia so verrückt war.

Was tut sie hier unten? Sucht sie etwa dasselbe wie ich?

Die Sätze hörte Laura nur in ihrem Kopf, aber sie war noch so durcheinander und aufgeregt, dass sie antwortete: »Ich suche meine Freundinnen. Ich dachte, sie wären hier.«

»Wenn du die drei Mädchen meinst, die vorhin mit dem Boot weg sind, dann bist du zu spät dran.«

Laura nickte. »Ja, das habe ich befürchtet. Sie haben nicht auf mich gewartet. Und was machst du hier?«

Bestimmt war er ebenfalls ein Schüler und von einem der Türme gekommen, die den Jungen vorbehalten waren. Das Schloss der Ewigkeit besaß offenbar ein unterirdisches Gängesystem, das alle Türme miteinander verband.

Severin zögerte, bevor er zu sprechen begann. »Ich bin einem Geheimnis auf der Spur.«

Wie komme ich nur aus dieser Nummer raus? Ich weiß nicht, ob ich ihr vertrauen kann.

Da war sie wieder, die fremde Stimme in Lauras Kopf. Laura war verwirrt. Sie hatte genau gesehen, dass der Junge nicht die Lippen bewegt hatte. Aber woher wusste sie, was er in diesem Moment gedacht hatte? Oder hatte sie nur geraten, und ihre eigenen Gedanken spielten ihr einen Streich?

»Was für ein Geheimnis?«, fragte sie.

Ich wusste, dass sie weiterfragt.

Diesmal war die Stimme in Lauras Kopf nur verschwommen, ähnlich wie Meeresrauschen.

»Aus welchem Turm kommst du?« Severin ging nicht auf Lauras Frage ein.

»Mercurius. Und du?«

»Neptunus. Seit wann hast du Zugang zum Achttag?«

»Es ist mein drittes Mal.«

»Dann bist du noch ziemlich neu.«

Laura nickte. »Und es gibt so viele Dinge, die ich nicht verstehe.«

»Das ist mir am Anfang genauso ergangen.«

»Wie lange bist du schon hier?«, wollte Laura wissen.

»Ungefähr ein halbes Jahr, wenn man von der normalen Zeitrechnung ausgeht. Es ist mein 26. Achttag. Ich zähle genau mit.« Severin grinste.

»In dieser Welt gibt es nur Achttage, oder?«, fragte Laura weiter.

»Ja. Man kommt an die Stelle zurück, wo man das letzte Mal gewesen ist. Das ist meistens im Bett, weil der Switch in der Regel um Mitternacht stattfindet.«

Laura nickte. »Das hab ich auch schon bemerkt. Aber du hast abgelenkt. Welchem Geheimnis bist du auf der Spur?«

Severin schwieg kurz. »Versprich zuerst, dass du niemandem verrätst, was du heute Nacht siehst«, sagte er dann.

Laura runzelte die Stirn. Warum sollte sie einem wildfremden Jungen so ein Versprechen geben? Wer weiß, was er ihr zeigte!

»Das ist ziemlich viel verlangt. Ich kenne dich ja kaum.«

»Na gut. Vertrauen gegen Vertrauen.« Severin räusperte sich. »Du hast dich doch sicher auch schon gefragt, warum es diese Welt gibt und warum du plötzlich Zugang zum achten Tag hast.«

»Ich weiß nur, dass es mit dieser goldenen Taschenuhr zusammenhängt, die ich gefunden habe.«

»Ja, die Uhr ist der Türöffner zu dieser Welt. Aber warum existiert sie? Ich glaube, ich hab da etwas entdeckt … Komm mit!«

Severin wandte sich um und schlug den Weg ein, den er gekommen war. Laura folgte ihm.

Die Szenerie blieb zunächst gleich: Links floss das unterirdische Gewässer, an dessen Ufer sie entlangliefen.

Die rechte Seite wurde begrenzt von einer grob gemauerten Wand, in der sich ab und zu eine Öffnung zeigte. Beispielsweise ein hüfthoher Rundbogen, durch den man nur kriechen konnte, oder ein kreisrundes Loch hoch über ihnen. Unheimlich, fand Laura. Die dunklen Tupfer an der Decke entpuppten sich als Fledermäuse. Sie flogen plötzlich los und schwirrten im Zickzack-Flug um sie herum. Laura zog ängstlich den Kopf ein, aber kein einziger Flügel streifte sie. Trotzdem fühlte sie sich unbehaglich. Wohin führte Severin sie?

Der Junge tastete die Wand ab. »Hier ist etwas, glaube ich.«

Bevor Laura nachfragen konnte, ertönte ein schleifendes Geräusch. Anscheinend hatte Severin einen versteckten Mechanismus ausgelöst, denn ein Stück der Wand verschob sich, und dahinter wurde ein schmaler Gang sichtbar.

»Da hinein?«, fragte Laura im Flüsterton. Ihr wurde immer mulmiger.

»Ja.« Severin ging voran. Laura leuchtete mit ihrem Handylicht den Weg aus. Sicher würde in ein paar Minuten ihr Akku schlappmachen. Sie versuchte, nicht daran zu denken.

»Wonach suchst du genau?«, wisperte sie.

»Nach dem Schöpfer dieser Welt«, antwortete Severin leise.

Ein rätselhafter Uhrmacher

»Ein Schöpfer?«, fragte Laura. Ihr Mund wurde trocken. »Du meinst …«

»Nein, ich meine nicht Gott oder so, sondern denjenigen, der die Welt des achten Tages erschaffen hat.« Severin drehte sich zu ihr um und grinste schief. »Ein genialer Kopf, der offenbar hinter das Geheimnis der Zeit gekommen ist. Normalerweise bewegt sich die Zeit ja nur in eine Richtung, und zwar nach vorne. Der Physiker Einstein hat aber schon vor vielen Jahren herausgefunden, dass die Zeit an verschiedenen Orten unterschiedlich schnell vergeht. Seit Ewigkeiten träumen die Menschen davon, in die Zukunft oder Vergangenheit zu reisen oder Handlungen rückgängig zu machen.«

»Wie in *Zurück in die Zukunft*«, erinnerte sich Laura. »Ich habe alle drei Filme gesehen.« Von ihren Klassenkameraden kannte keiner mehr diese alten Filme aus den 80er-Jahren des vorigen Jahrhunderts. Lauras Papa hatte jedoch noch einen funktionierenden DVD-Player und eine ganze Sammlung von alten DVDs. Aufgeregt fragte Laura: »Und du glaubst, es ist jemandem gelungen, eine Zeitmaschine zu bauen?«

»Das vielleicht nicht, aber er hat es auf jeden Fall geschafft, die Zeit so zu dehnen, dass sich zwischen Sonntag und Montag ein neuer Tag ergeben hat«, antwortete Severin. »Und er hat diesen zusätzlichen Tag genutzt, um eine eigene Welt zu schaffen und sie ganz nach seiner Fantasie zu gestalten.«

Laura kannte natürlich Computerspiele, in denen man Länder oder Städte erfinden konnte. Olivia hatte einmal so ein Spiel mit einem Reiterhof gehabt. Die beiden Mädchen hatten damals unzählige Stunden damit verbracht, ihre Lieblingspferde zu erfinden. Laura erinnerte sich noch gut an ihren weißen Hengst Caruso, der nicht nur superschnell war, sondern auch alle Feinde in die Flucht geschlagen hatte. Beispielsweise den fiesen Pferdehändler, der seine Tiere quälte und sie halb verhungern ließ. Olivias Lieblingspferd war die goldfarbene Stute Annabella gewesen. Caruso und Annabella hatten gerade ihr erstes gemeinsames Fohlen bekommen, als das Computerspiel seinen Geist aufgegeben hatte.

Dass ein Mensch aber eine so real wirkende Welt wie die des achten Tages erfinden konnte, überstieg Lauras Vorstellungsvermögen. Wie war es möglich, das Schloss, den Dschungel und alles darum herum zu erschaffen? Und was war mit den Personen, denen Laura hier begegnet war? Waren es reale Menschen wie sie selbst oder die Figuren eines Erfinders?

Sie blieb stehen. »Bist du überhaupt ein Mensch, Severin?«

Er lachte. »Natürlich. Was soll ich sonst sein?«

»Na ja … ein Bestandteil dieser Fantasiewelt.«

»Ich bin genauso echt wie du. Du kannst dich gern überzeugen.«

»Überzeugen? Wie denn?«

»Zum Beispiel, indem du mich anfasst.«

Laura schüttelte den Kopf. »Die Wände und die Pflanzen kann ich auch anfassen, und sie fühlen sich echt an. Das ist kein Beweis.«

»Dann musst du mir einfach glauben, fürchte ich.«

Laura sah ihn nachdenklich an.

»Ich gehe in deine Schule«, fuhr Severin fort. »Und ich kenne deine Freundin Olivia.«

Laura zuckte zusammen. O nein! Dann war Severin tatsächlich jener Severin, in den Olivia verknallt war! Was für ein Zufall!

Doch wie würde Olivia reagieren, wenn Laura ihr erzählte, dass sie Severin in einer Welt getroffen hatte, die Olivia nicht betreten konnte? Oder würde Olivia vielleicht auch noch auftauchen?

Laura schwirrte der Kopf. Immerhin wusste sie jetzt, dass Severin ein echter Mensch war. Genau so echt wie sie selbst – und wie Shirin, Anouk und Merle.

»Und wie bist du in die Welt des achten Tags gekommen?«, fragte Laura.

»Natürlich auch durch diese Taschenuhr.« Severin lachte kurz auf. »Eines Tages lag ein Päckchen in meinem Spind, ohne Absender. Ich machte es auf, weil ich herausfinden wollte, für wen es gedacht war.«

»Lass mich raten. Darin war eine goldene Taschenuhr!«

Severin grinste. »Genau.«

»Und vielleicht auch ein Gedicht?«

»So ist es.«

Sie sahen einander an.

»Warum kriegen wir alle so eine Uhr?«, fragte Laura.

»Mir wurde erzählt, dass wir Auserwählte sind, weil wir eine besondere Fähigkeit haben«, sagte Severin. »Hier, im Schloss der Ewigkeit, sollen wir unsere Talente trainieren und verbessern.«

Laura hatte plötzlich einen trockenen Mund. Immer die Sache mit der besonderen Fähigkeit! Aber sie hatte doch gar keine! Laura fühlte sich sofort wieder fehl am Platz. »Was ist denn dein Talent?«, fragte sie zögernd.

»Ich habe mich schon immer für Codes interessiert und wie man sie knackt«, antwortete Severin. »Hier bin ich noch besser geworden.«

Angeber!, dachte Laura und kam sich wie eine Versagerin vor. Sie war so stinknormal, wie man nur sein konnte. Sie passte nicht zu den anderen. War die Taschenuhr vielleicht gar nicht für sie bestimmt gewesen? Hätte Elias sie finden sollen? Aber auch er war nicht besonders talentiert. Er war höchstens die Nummer eins darin, andere zu nerven. Ja, und er war begabt darin, sich irgendetwas zu brechen oder wenigstens zu prellen.

»Ich bin überhaupt nicht talentiert«, platzte es aus Laura heraus.

Severin warf ihr einen kurzen Blick zu. »Jeder oder jede hier kann etwas Besonderes. Du hast dein Talent eben noch nicht gefunden.« Er drehte sich um. »Jetzt haben wir genug Zeit verplempert. Komm!«

Sie gingen wieder los. Nach drei oder vier Schritten erlosch das Licht von Lauras Handy.

»Mist!«

»Macht nichts, es geht auch ohne Licht.«

»Haha, du kannst wohl auch noch im Dunkeln sehen«, spottete Laura.

»Genau, und deswegen gibst du mir jetzt besser deine Hand.«

Laura fühlte, wie Severins Finger nach ihr griffen.

Sicher wird sie ihre Hand jetzt zurückziehen.

»Nein, ich ziehe sie nicht zurück«, sagte Laura.

»Ich hab doch gar nichts gesagt.«

»Hast du wohl.«

Severin seufzte genervt. »Da entlang.« Er zog sich nach rechts.

Es war schrecklich, so im Dunkeln zu tappen, trotz

Severins Hand. Jeder Schritt führte ins Ungewisse. Im Boden konnte ein Loch sein. Oder die Decke konnte plötzlich so niedrig werden, dass man sich den Kopf anstieß.

Aber Severin führte Laura sicher durch die Finsternis. Schließlich nahm Laura einen schwachen, bläulichen Lichtschein wahr. Der Gang machte eine Biegung und führte zu einer Kreuzung. Hier verbreiteten runde Lampen an der Decke ein bläuliches Licht. Der neue Gang hatte lauter gleich aussehende blaue Türen, die sich nur durch kleine goldene Symbole in der Türmitte unterschieden. Laura erkannte einen Baum, einen Berg, einen Turm, einen Vogel, Ying und Yang und schließlich eine liegende Acht, das Unendlichkeitszeichen. Vor dieser Tür blieb Severin stehen und legte warnend den Zeigefinger an die Lippen. Laura wagte kaum zu atmen. Severin zog einen Dietrich aus seiner Hosentasche hervor und machte sich damit am Türschloss zu schaffen. Es dauerte nur wenige Sekunden, dann klickte es leise, und die Tür sprang auf. Severin und Laura konnten eintreten.

Der Raum wurde ebenfalls von einem blauen Deckenlicht beleuchtet. Dadurch erschienen alle Gegenstände im Raum noch bizarrer und wunderlicher, als sie ohnehin schon waren. Vor Laura drehten sich große goldene Zahnräder. Sie erinnerten sie an das Innere der Uhr, die ihr Vater hatte reparieren wollen. Die Teile hier waren nur unendlich viel größer. Laura und Severin bewegten sich vorsichtig voran, um nicht versehentlich etwas zu berühren. Ein großes Zifferblatt, eingeteilt in 24 Stunden, bildete das Zentrum des Raumes, umringt von goldenen Kugeln unterschiedlicher Größe, die sich unablässig drehten. Das Ganze sah aus wie ein Modell des Planetensystems, nur dass das Zifferblatt anstelle der Sonne stand. Überall im Raum tickte oder rasselte es, manchmal ertönten leise Glockenschläge, dann wiederum bewegte sich schnarrend ein großer Hammer auf einen Gong zu, und es erklang ein so tiefer Ton, dass der Boden vibrierte.

Laura blieb staunend vor dem Wunderwerk stehen und wusste nicht, wohin sie zuerst blicken sollte. Sie begriff auch nicht die Funktionen der einzelnen Teile, aber sie spürte, wo sie sich befand: Hier war der Ursprung der Welt des achten Tages. Hier schlug das Herz, das alles am Leben hielt.

»Wahnsinn!«, flüsterte sie. Severin nickte. Wer all dies hier gebaut hatte, der musste wirklich ein Genie sein!

In diesem Moment hörten sie an der Tür ein Geräusch. Die Klinke bewegte sich. Geistesgegenwärtig packte Severin Lauras Hand und zog sie hinter die Tür. Dort pressten sie sich an die Wand und atmeten nur noch ganz flach.

Die Tür ging auf, und ein Mann schlurfte herein. Er war gebeugt vom Alter. Sein weißes Haar umgab seinen Kopf wie einen Strahlenkranz. Er trug einen langen grauen Mantel und redete leise mit sich selbst, während er zur Mitte des Raumes ging. Dort blieb er stehen, stützte seine

Hände in die Hüften und betrachtete die Bewegungen der Planeten. Laura konnte von ihrem Platz aus sein Profil sehen. Sie beobachtete, wie er die Stirn runzelte. Dann zog er aus einer seiner Manteltaschen einen großen eisernen Schlüssel, ging ächzend in die Knie und begann, an der Bodenplatte zu hantieren.

»Verdammt noch mal … Das Ding lässt sich jedes Mal schlechter öffnen … Jetzt!« Der Alte war so vertieft in seine Arbeit, dass Severin Laura ein Zeichen machte. Auf Zehenspitzen schlichen die beiden aus dem Raum, ohne dass der Mann sie bemerkte.

Als sie das Ende des Gangs erreicht hatten, platzte es aus Laura heraus: »Wer war das? Was hat er da gemacht?«

»Pst! Nicht so laut!«, warnte Severin. »Jetzt hast du ihn gesehen. Er ist der Schöpfer dieser Welt, Magister Horatius.« In seiner Stimme schwangen Ehrfurcht und Bewunderung. »Über ihn wird an dieser Schule viel gemunkelt. Alles Gerüchte, niemand weiß Genaues. Ich hatte Glück und konnte ihn schon ein paarmal beobachten, aber ich war ihm noch nie so nah wie heute. Er muss schon fast hundert Jahre alt sein, vielleicht sogar noch älter.«

Laura hatte noch nie einen so alten Menschen gesehen. Die Medizin hatte zwar in den letzten Jahren enorme Fortschritte gemacht. Die Menschen wurden immer älter, aber es war noch niemandem gelungen, den Alterungsprozess umzukehren oder gar den Tod zu verhindern.

»Was hat er mit dem Schlüssel gemacht?«, fragte Laura noch einmal.

»Ich weiß es nicht genau«, sagte Severin. »Ich vermute, er zieht damit seine Apparatur auf, damit sich die Zahnräder weiterdrehen. Vielleicht ist das Aufziehen nötig, um diese Welt überhaupt in Gang zu halten.«

»Du meinst, sie könnte plötzlich aufhören?«, fragte Laura. »Einfach so? Von einem Tag auf den anderen?«

»Von einem achten Tag auf den anderen«, korrigierte Severin. »Ja, ich denke, das ist möglich. Diese Welt hat irgendwann begonnen und kann auch plötzlich zerfallen, wenn der komplizierte Mechanismus, der sie antreibt, zerstört wird.«

Laura lief ein Schauer über den Rücken. »Und was geschieht dann mit uns?«

»Keine Ahnung«, gab Severin zu. »Vielleicht werden wir einfach in die reale Welt zurückgeschleudert, wenn wir Glück haben.« Er blieb stehen und sah Laura an. »Oder wir müssen alle sterben.«

Laura schluckte.

»Aber für sehr wahrscheinlich halte ich das nicht«, fuhr Severin fort und lächelte beruhigend. »Jedenfalls muss es Magister Horatius gelungen sein, die Zeit zu beherrschen, sonst hätte er diese Welt nicht erschaffen können. Das ist genial, Laura! Wenn man hinter das Geheimnis der Zeit gekommen ist, kann man praktisch alles tun.«

Er hatte den Satz kaum beendet, als eine Erschütterung durch das Gemäuer ging. Der Boden unter Lauras Füßen schwankte, und einen Moment lang schien alles durchsichtig zu werden. Für den Bruchteil einer Sekunde sah Laura ihr Zimmer im Akeleiweg, und es war, als läge sie in ihrem Bett. Dann kehrte ruckelnd das Schloss der Ewigkeit zurück. Sie befand sich wieder in dem Kellergang, zusammen mit Severin.

»Meine Güte, was war das?«, stieß Laura aus. Sie merkte, dass sie unwillkürlich Severins Hand ergriffen hatte, und zog sie verlegen zurück.

»Ein Beweis, dass die Welt des achten Tages nicht so stabil ist, wie es scheint«, antwortete er. »Ich habe so was in der letzten Zeit schon ein paar Mal erlebt. Irgendetwas scheint nicht in Ordnung zu sein!«

Da hörten sie auch schon jemanden laut fluchen. Severin zog Laura in eine Nische. Gerade noch rechtzeitig, denn Magister Horatius stürmte aus dem Raum. Für sein Alter bewegte er sich noch erstaunlich schnell. Zur gleichen Zeit näherte sich vom anderen Ende des Gangs ein zweiter Mann. Er war klein und trug eine Nickelbrille. Sein Gesicht wirkte jugendlich, aber er hatte eine weiße Haarmähne, die Laura an Professor Einstein erinnerte.

»Onkel! Was ist passiert?«, rief er. »Du hast das Uhrwerk wahrscheinlich wieder überdreht!«

»Reg dich ab, Korbinian. Es ist schließlich nichts passiert.« Der Alte wollte an dem anderen vorbei.

»Mit dem Ersatzschlüssel musst du vorsichtig sein, das

habe ich dir schon oft gesagt«, erwiderte der Mann, den Magister Horatius Korbinian genannt hatte. »Kannst du dich nicht erinnern, wo du den Originalschlüssel hingelegt hast? Es ist sehr wichtig! «

»Wie oft soll ich dir noch sagen, dass ich den Schlüssel nicht verlegt habe?«, brauste Horatius auf. »Er ist mir gestohlen worden, verflucht!«

Korbinian hielt ihn am Handgelenk fest. »Bist du dir wirklich sicher?«

Horatius riss sich mit einem Ruck los. »Du musst nicht alles anzweifeln, Neffe! Mein Kopf ist noch klar. Ich weiß, was ich tue!«

»Ich zweifle nicht an deinem Verstand, aber du bist in der letzten Zeit vergesslich geworden«, rief Korbinian. »Hör zu, wenn dir der Schlüssel tatsächlich gestohlen wurde, sollten wir das nicht auf die leichte Schulter nehmen. Es gibt Leute, die ihre Seele verkaufen würden, um an unser Wissen zu kommen.«

Horatius schüttelte nur brummend den Kopf und wollte weiter, aber Korbinian hielt ihn erneut fest.

»Ich weiß, du willst davon nichts hören! Für dich gibt es nur deine Erfindung und deine Spielerei. Du hast ein großartiges Werk geschaffen, keine Frage! Aber ich glaube, dir ist nicht klar, was passieren kann, wenn unser Geheimnis in fremde Hände gerät.«

»Warum soll sich jemand dafür interessieren?«, gab Horatius unwirsch zurück.

»Himmel, erinnerst du dich nicht mehr daran, wie viel Geld man dir geboten hat, damit du dein Geheimnis preisgibst? Man hat dich bedrängt und bedroht. Das war doch der Grund, warum du dich ganz in die Welt des achten Tages zurückgezogen hast. Du wolltest deine Ruhe haben.« Korbinian holte tief Luft. »Aber ich versichere dir, Onkel: Diese Leute sind hinter uns her, und sie werden nicht ruhen, bis sie haben, was sie wollen.«

»Willst du mir Angst machen?«

»Du *solltest* Angst haben!« Korbinian schien allmählich am Ende seiner Geduld zu sein. »Wenn dein Geheimnis in falsche Hände gerät, ist die ganze reale Welt in Gefahr! Es geht nicht nur darum, dass dir jemand deine Spielwelt stehlen könnte, mit all deinen merkwürdigen Ideen und skurrilen Geschöpfen. Du weißt, dass sich hier Dinge ändern lassen und dass das Auswirkungen auf die reale Welt haben kann. Wach endlich auf, Onkel! Man wird deine Erfindung missbrauchen!«

»Ich fürchte, ich verstehe dich nicht …« Horatius machte sich los und wandte sich ab.

»Du willst mich nicht verstehen!« Korbinian lief seinem Onkel hinterher. »Für den Fall der Fälle haben wir schließlich die Jungen und Mädchen hierhergeholt. Sie werden uns helfen, deine Welt zu schützen. Aber trotzdem darf keiner von uns leichtsinnig werden …«

Das weitere Gespräch konnten Laura und Severin nicht mehr verstehen. Sie sahen einander an.

»Hast du das kapiert?«, fragte Laura verwirrt.

»Nicht ganz«, gab Severin zu. »Aber offenbar ist der Schlüssel weg, mit dem diese Welt aufgezogen wird. Der echte Schlüssel.«

Laura nickte. »Und dieser Korbinian ist fast ausgeflippt deswegen.«

Severin dachte nach. »Ich kann mir ungefähr vorstellen, was Korbinian mit Gefahr meint. Wer das Geheimnis der Zeit kennt, kann manipulieren. Die Vergangenheit ändern. Oder bestimmten Menschen einen zusätzlichen Tag zur Verfügung stellen und so weiter. Ich glaube, Horatius ist so begeistert von seinem Werk, dass er sich kaum Gedanken über die Gefahren macht. Er hat eine Welt geschaffen, in der Magie existiert und in der wir Superkräfte entwickeln können. Aber wer weiß, vielleicht lassen sich diese Kräfte auch in die reale Welt übertragen, und dann gerät alles durcheinander.«

Laura schoss für einen Moment das Bild der schwebenden Anouk durch den Kopf. Fliegen zu können – wünschte sich das nicht jeder? Das war doch gar nicht so schlecht. Allerdings – wenn nur einige Superkräfte hätten und andere nicht, würde das natürlich für große Unzufriedenheit sorgen. Und einige wären dann deutlich mächtiger als andere …

Sie hing noch diesen Gedanken nach, als Severin plötzlich hörbar die Luft ausstieß. »Jetzt wird mir auch klar, warum es diese Schule gibt und warum wir ausgebildet werden. Es geht ihnen gar nicht um unsere persönliche Entwicklung.« Er schlug sich an die Stirn. »Wie habe ich das nur so lange glauben können! Sie wollen Kämpfer aus uns machen. Kämpfer, die die Welt des achten Tages verteidigen! Sie bilden uns zu Kriegern aus!«

Laura schluckte. »Oder zu Spezialagenten, das klingt besser«, sagte sie mit belegter Stimme. Sie erinnerte sich plötzlich an das Gespräch, das sie an ihrem ersten Achttag belauscht hatte, als Magister Darius sie aus dem Unterrichtsraum geschickt hatte. An der Tür eines anderen Raums hatte sie jemanden sagen hören: »*Jeder von euch ist begabt, aber es liegt an euch, was ihr aus eurem Talent macht. Je mehr ihr übt und eure Gabe trainiert, desto besser werdet ihr werden – und desto mehr werdet ihr unsere wundervolle Welt des achten Tages beschützen können.*«

Laura wusste nicht, wer da gesprochen hatte, aber die Rede war ihr wortwörtlich im Gedächtnis geblieben. Sie sollten also diese Welt verteidigen. Was für eine seltsame Vorstellung … Aber es war logisch, dass auch andere an der großartigen Erfindung von Magister Horatius teilhaben wollten. Diese Leute wollten offenbar nicht nur am Achttag in einer bizarren Welt spazieren gehen, sondern alle Möglichkeiten ausschöpfen. Und es schien, als könnte man damit jede Menge Schaden anrichten …

Laura dachte an die unheimlichen Wasserwesen oder an die fliegenden Geschöpfe der Nacht, die von Magister

Horatius vermutlich als Spielerei gedacht waren – wenn sie Korbinian glauben durfte. Horatius hätte sicher auch Drachen oder Dinosaurier erschaffen können ... Sie schauderte.

Erst jetzt merkte sie, dass Severin sie erwartungsvoll ansah.

»Was wirst du jetzt tun?«, fragte er. »Willst du weiter mitmachen?«

»Haben wir überhaupt eine Wahl? Wir werden doch immer wieder automatisch in den Achttag hineingezogen.«

»Wenn wir die Taschenuhr zerstören, hört der Spuk vielleicht auf«, meinte Severin.

»Oder wir bleiben im Achttag gefangen«, wandte Laura ein.

Severin schluckte. »Stimmt, das ist auch möglich.«

Die Berufung

Severin brachte Laura bis zu ihrem Turm zurück. Sie hatten fast den ganzen Weg über geschwiegen. Vergessen waren die Freundinnen, die Laura eigentlich hatte abpassen wollen.

Unschlüssig stand Laura jetzt vor Severin, um sich von ihm zu verabschieden. Sie ließ ihn nur ungern gehen, denn sie teilten nun ein Geheimnis. Und Laura hatte noch unzählige Fragen, die ihr auf der Seele brannten. Die wichtigste war, wie sich Severin entscheiden würde. Laura selbst hatte noch keinen Entschluss gefasst.

»Also … ähm … danke, dass du mir den Weg zurück gezeigt hast«, murmelte sie.

»Kein Problem«, sagte Severin leise.

»Na dann … man sieht sich.«

»Ja, wir bleiben in Verbindung«, erwiderte Severin. Er lächelte. »Schließlich können wir uns auch in der Schule treffen. In der realen Welt. Wir sollten uns auf alle Fälle absprechen, was wir mit den Taschenuhren machen.«

»Okay. Versprochen.«

Severin lächelte ihr noch einmal zu, dann drehte er sich um und war verschwunden.

Laura lief die Treppe hinauf. Ihre Gedanken flogen wild durcheinander. Sie war froh, dass sie jetzt in der realen Welt einen Verbündeten hatte, mit dem sie über alles reden konnte. Und der sie nicht für verrückt erklärte, wenn sie über den Achttag sprach …

Sie hatte gerade ihre Zimmertür erreicht und wollte die Klinke hinunterdrücken, als die Wände erneut durchsichtig wurden. Alles schien in Schieflage zu geraten. Laura glaubte sekundenlang, zu Hause in ihrem Bett zu liegen, wo sie sich ängstlich am Kopfteil festklammerte. Samson sprang voller Panik über sie hinweg, sie konnte sein Maunzen hören.

Der Spuk dauerte höchstens zwei Sekunden, dann war er vorbei. Laura kniete vor der Tür und hielt sich mit beiden Händen am Türrahmen fest.

»Du hättest uns sagen müssen, dass du schlafwandelst.«

Laura zuckte zusammen. Als sie zur Seite blickte, stand Magistra Elisa vor ihr. Sie war vollständig angezogen, als sei sie nicht aus dem Bett, sondern aus einer Unterrichtsstunde gekommen. Ihre Augen funkelten, als sie Laura die Hand reichte und ihr aufhalf.

»Was war das eben?«, fragte Laura und versuchte, dem Blick der Lehrerin standzuhalten.

»Ich weiß nicht, was du meinst. Du hast vielleicht geträumt.« Magistra Elisa lächelte.

Hoffentlich glaubt sie mir. Meine Schülerinnen sollen sich nicht ängstigen.

Laura hörte die Stimme ganz deutlich in ihrem Kopf, und sie gehörte ohne Zweifel Magistra Elisa.

»Sie lügen«, sagte Laura laut. »Sie haben genau wie ich gesehen, dass alles durchsichtig geworden ist.«

»Nun ja … Vielleicht ein Erdbeben. Wir befinden uns über zwei tektonischen Platten, und da entstehen immer wieder Spannungen.«

Hoffentlich fragt sie nicht weiter!

»Bei Erdbeben stürzen Häuser ein«, sagte Laura. »Hier aber sind die Wände durchsichtig geworden, und ich war einen Augenblick lang wieder zu Hause in meinem Zimmer.«

Magistra Elisa rieb nervös die Hände gegeneinander. »Wenn man aus dem Tiefschlaf gerissen wird, bildet man sich oft Sachen ein. Am besten gehst du zurück in dein Bett und vergisst den bösen Traum.«

Sie will mir nicht die Wahrheit sagen, dachte Laura, während die Magistra sie ins Zimmer schob. Mama ist genauso, sie lügt auch oft und denkt, ich merke es nicht …

»Gute Nacht, Laura. Ich hoffe, dass du jetzt besser schläfst. Wir sehen uns in ein paar Stunden.«

»Gute Nacht, Magistra Elisa.«

Laura schloss die Tür hinter sich und kletterte in ihr

Stockbett. Jetzt erst merkte sie, wie erschöpft sie war. Ihre Glieder schienen bleischwer zu sein.

Trotzdem fand sie keinen Schlaf. Ihre Gedanken kamen einfach nicht zur Ruhe. Immer wieder tauchte Severin vor ihrem inneren Auge auf. Sie dachte daran, wie geschickt er das Schloss der Tür geknackt hatte. Und dann sah sie den geheimnisvollen Raum vor sich, mit all den Zahnrädern, dem Zifferblatt und den Planeten. Wieder griff Magister Horatius mit seinen knochigen Fingern nach dem Schlüssel …

Wie sollte sie sich entscheiden? Sollte sie weiter nach ihrem Talent suchen und ihre Kraft ausbilden lassen? Sollte sie eine Kämpferin für die Welt des achten Tages werden? Oder sollte sie die Taschenuhr zerstören und in ihr normales Leben zurückkehren? Falls das funktionierte …

Sie dachte an ihre Mutter, an Elias und Amy. An ihren Vater und Olivia. Ihr reales Leben war nicht schlecht, aber manchmal auch ganz schön kompliziert und schwierig. Hier in Magister Horatius' Welt hatte sie die Chance, eine Heldin zu werden. Und vielleicht hatte sie ja wirklich ein besonderes Talent …

Wie wäre es wohl, fliegen zu können wie Anouk? Oder mit den Händen zu heilen? Laura seufzte. Hier würden eine Menge Abenteuer auf sie warten, so viel war sicher. Und sie verpasste ja auch keinen Tag in der realen Welt. Durch den Achttag wurde ihr Leben besonders – aber vielleicht auch gefährlich …

Laura musste doch eingedöst sein, denn sie erwachte, weil es um sie herum kicherte und flüsterte. Die Mädchen waren zurückgekommen, anscheinend in bester Stimmung.

Laura stellte sich schlafend, aber sie blinzelte, um ihre Mitbewohnerinnen zu beobachten. Ein süßer Duft erfüllte den Raum. Alle Mädchen hatten Blumen gepflückt, Merle sogar einen ganzen Arm voll. Sie legte die Blumen auf ihr Bett, während sich Shirin auf die Suche nach einer Vase machte. Anouk lehnte sich an die Wand, einen seligen Ausdruck auf dem Gesicht. Als Laura genauer hinsah, entdeckte sie, dass Anouk einen halben Meter über dem Boden schwebte – ohne die geringste Anstrengung.

Laura spürte wieder mal einen Stich in der Brust.

Shirin kam aus dem Bad zurück. Sie hatte keine Vase gefunden, deswegen stellte sie ihren Blumenstrauß in ein Zahnputzglas. Merle hatte inzwischen ihre Blumen auf dem ganzen Bett verteilt und ließ sich lachend darauf fallen.

»Willst du deine Blumen nicht ins Wasser stellen?«, fragte Shirin vorwurfsvoll. »Sie verwelken doch!«

»Das ist ja wohl meine Sache«, gab Merle schnippisch zurück, zog ihre Ratte unter ihrem Kragen hervor und streichelte das Tier. »Feiner Brutus! Hat dir unser Picknick gefallen? Das machen wir bald wieder.«

Shirin biss sich auf die Lippe und sagte nichts mehr. Sie

stellte das Glas mit den Blumen auf dem Fensterbrett ab und kroch schweigend ins Bett. Dann griff sie noch einmal nach unten, um ihre Schildkröte hervorzuholen und auf ihre Brust zu legen.

Laura hörte Euphemias leises Summen. Die sanfte Melodie wirkte auch auf sie beruhigend.

Anouk ging ebenfalls ins Bett, aber auf ungewöhnliche Weise. Sie schwebte noch ein Stück höher und legte sich dann waagrecht hin. Liegend schwebte sie zu ihrem Bett und sank sacht herab.

Wow! Laura seufzte unhörbar.

Aus der Dunkelheit löste sich plötzlich ein Schatten. Samson. Er musste mit den Mädchen zur Tür hereingeschlüpft sein. Mit einem Satz sprang er hoch zu Laura und ringelte sich auf ihrem Bauch ein. Sein schwarzes Fell knisterte, als Laura mit den Fingern darüberstrich.

»Na, hast du dich schon entschieden?«, flüsterte der Kater.

Laura wunderte sich kurz, warum er wusste, mit welcher Frage sie sich herumquälte. Der Achttag hatte auch ihn verändert. Er schien hellseherische Fähigkeiten zu besitzen.

»Vielleicht«, murmelte Laura. Dann fielen ihr die Augen zu, während Euphemia noch immer leise summte.

»Warum habt ihr mich nicht zum Picknick mitgenommen?«, fragte Laura am nächsten Morgen, als sich die anderen Mädchen zum Frühstück fertig machten. Sie sprang aus dem Bett, die rosafarbenen Pantoffeln wippten auffordernd vor ihren Füßen.

»Ich wollte ja warten, aber die anderen nicht«, erklärte Shirin.

»Jetzt bin ich wohl wieder schuld«, murmelte Anouk. Merle war gerade im Bad.

»Quatsch. Aber es ist doch so gewesen«, verteidigte sich Shirin. »Soll ich lügen?« Sie betrachtete mitleidig ihren Blumenstrauß. Die Pflanzen ließen die Köpfe hängen. Auch die Blume, die sie beim Ausflug in den Dschungel von Magistra Elisa bekommen hatte, sah nicht besonders gut aus.

»Einen grünen Daumen habe ich offenbar nicht«, meinte Shirin betrübt.

Lauras Pflanze sah kaum besser aus, genau wie Anouks Blume. Merles Exemplar dagegen war gute zehn Zentimeter größer als die anderen. Die Blätter schimmerten grün und saftig, und die Pflanze hatte sogar schon eine Knospe angesetzt.

Auch die gepflückten Blumen, auf denen Merle geschlafen hatte, sahen immer noch so frisch aus, als seien sie gerade erst von der Wiese geholt worden.

»Aha, jetzt kennen wir auch Merles Talent«, bemerkte Anouk. »Vermutlich wird sie mal die weltbeste Gärtnerin.«

»Ich habe gesehen, wie du ins Bett geschwebt bist«, sagte Laura. »Super!«

Anouk zuckte nur mit den Schultern.

Merle kam aus dem Bad.

»Herzlichen Glückwunsch!«, sagte Shirin zu ihr.

»Warum? Hab ich Geburtstag und weiß es nicht?«, knurrte Merle.

»Du hast anscheinend Macht über Pflanzen«, sagte Shirin.

»Na und?« Merle setzte sich auf ihr Bett, um sich die Socken anzuziehen. »Ist ja ein Supertalent. Erwartet ihr jetzt, dass ich eine Dornröschenhecke ums Schloss wachsen lasse?« Ihr Tonfall war schnippisch.

»Freust du dich gar nicht?«, fragte Shirin. »Du hast doch so lange nach deinem Talent gesucht.«

»Pfff«, machte Merle nur.

Laura schlüpfte schnell ins Bad. Sie war die Letzte und musste sich beeilen, wenn sie rechtzeitig zum Frühstück kommen wollte.

Als sie sich die Zähne putzte und in den Spiegel schaute, blickte ihr diesmal ein gleichaltriges Ebenbild entgegen.

»Was meinst du? Soll ich bleiben oder nicht?«, fragte Laura.

Ihr Spiegelbild lachte. »Tief in deinem Herzen weißt du das längst«, hörte sie eine Stimme.

Laura fiel vor Schreck die Zahnbürste aus der Hand. Als sie sie aus dem Becken herausgefischt hatte und wieder aufsah, war ihr Spiegelbild wieder jünger. Ihr winkte eine dreijährige Laura zu. Dann veränderte sich das Spiegelbild erneut, wurde zehn, zwanzig, fünfzig und achtzig Jahre alt, jeweils im Abstand von wenigen Sekunden. Laura schaute fasziniert zu. »Mann, das macht mich noch verrückt! Aber ich würde diesen Spiegel auch schrecklich vermissen.«

Das Spiegelbild wurde wieder zur gleichaltrigen Laura. »Das glaube ich auch.« Dann verschwamm das Bild.

Laura versuchte, ihre Verwirrung in Griff zu bekommen. Das Spiegelbild hatte recht. Sie wollte mehr über den Achttag erfahren. Und sie wollte diese Welt schützen, auch wenn sie noch nicht wusste, wie. Sie kannte ihr Talent ja noch immer nicht – anders als ihre Zimmergenossinnen.

»Anouk kann fliegen, Shirin kann das Wetter beeinflussen, und Merle hat einen grünen Daumen.« Laura spuckte den Zahnpastaschaum ins Becken. Flüchtig erinnerte sie sich an das Experiment mit dem Schmetterling, bei dem sie Merle ertappt hatte. Hatte Merle sich ein anderes Talent erhofft? Vielleicht wollte sie die Zeit umkehren? Das würde ihre ruppige Reaktion erklären.

Shirin klopfte an die Badezimmertür. »Beeil dich, Laura, wir haben nach dem Frühstück Botanik bei Magistra Elisa.«

Laura öffnete die Tür. »Merle und ich haben leider Küchendienst bei den Feen.«

Merle warf ihr einen finsteren Blick zu. »Hast du echt Lust auf Kartoffelschälen? Ich nicht!«

Damit verließ sie das Zimmer und knallte die Tür hinter sich zu.

Die Sonne schien in den Innenhof, und beim Frühstück herrschte Urlaubsstimmung. Auch die Feen schienen heute besser gelaunt zu sein als sonst. Zumindest gab es keine Zwischenfälle. Laura hielt nach Severin Ausschau. Er saß ganz hinten an einem Tisch und hob kurz die Hand, als er sie entdeckte.

Shirin hatte Laura beobachtet. Sie grinste. »Hab ich was verpasst?«

Laura spürte, wie sie rot wurde. »Nein, ich kenne Severin … aus meiner Schule.«

»Ach so? Und das ist alles?« Shirin grinste noch mehr.

»Er ist der Freund meiner besten Freundin«, sagte Laura und hoffte, dass sich Shirin mit der Erklärung zufriedengeben würde. Sie wollte nicht erzählen, dass sie nachts mit ihm im unterirdischen Labyrinth des Schlosses unterwegs gewesen war und was sie dabei erlebt hatte. Das war allein ihre Sache.

»Willst du dich echt vor dem Küchendienst drücken?«, fragte Laura Merle, als die Mädchen nach dem Frühstück in ihr Zimmer zurückgingen.

»Ich kann meine Zeit vernünftiger verbringen als mit so einer stumpfsinnigen Arbeit«, erwiderte Merle.

»Aber Magistra Elisa hat doch …«

»Es ist mir egal, wenn ich noch einen Anpfiff bekomme.«

Sie hatten ihr Zimmer erreicht. Merle schnappte sich ihre prächtige Pflanze von der Fensterbank.

Ha, von wegen grüner Daumen! Wenn die anderen wüssten, was ich wirklich kann!

Laura hielt inne. Die Stimme in ihrem Kopf gehörte diesmal eindeutig Merle. Die Worte waren so klar und deutlich, als hätte Merle sie tatsächlich ausgesprochen.

»Ja, ich weiß, du hast außerdem noch heilende Kräfte«, sagte Laura.

Merle wirbelte herum und blitzte Laura an. »Kannst du jetzt Gedanken lesen oder was?« Sie drückte ihre Pflanze an sich und stürmte mit großen Schritten Richtung Zimmertür.

»Du hast doch neulich dafür gesorgt, dass meine Halsschmerzen weggegangen sind«, rief Laura. Warum war Merle schon wieder so feindselig? Sie wurde aus ihr einfach nicht schlau. Hatte Laura etwas Falsches gesagt?

Ich muss aufpassen, sonst kriegt sie noch raus, dass ich auch zerstören kann!

Die Tür fiel hinter Merle zu. Laura stand verdattert da. Zerstören? Wie meinte Merle das? Dieser kleine Schmetterling neulich … Konnte Merle vielleicht auch töten – allein mit der Kraft ihrer Gedanken?

Laura überkam ein kalter Schauer. Erst als sich an ihren

Füßen die rosafarbenen Pantoffeln bemerkbar machten, kehrte sie in die Gegenwart zurück.

»Du bist so blass, hast du etwa einen Geist gesehen?«, scherzte Shirin, die gerade ihrer Schildkröte etwas Klee in die Box gelegt hatte.

Laura schüttelte den Kopf. »Ich … äh … ich …«

»Alles in Ordnung mit dir?«, fragte jetzt auch Anouk. »Ach, ich weiß, du fühlst dich nicht gut, damit du nicht in die Küche musst.«

Shirin kam schon mit einem Glas Wasser für Laura an. »Hier, trink was. Dann geht's dir gleich besser.«

Laura leerte das Glas in großen Zügen. Allmählich beruhigten sich ihre Nerven wieder.

Merle hatte den Schmetterling sicher nicht getötet. Das war bestimmt nur ein unglücklicher Zufall gewesen. Langsam ließ Laura sich auf ihr Bett sinken. Aber ihr war gerade etwas anderes bewusst geworden. Merle hatte mit ihrer Bemerkung den Nagel auf den Kopf getroffen. Sie, Laura Lilienstedt, konnte tatsächlich die Gedanken anderer Menschen lesen – zumindest ab und zu.

Ein Glücksgefühl überschwemmte sie, und mit einem strahlenden Lächeln sah sie die beiden Mädchen an.

Anouk und Shirin wechselten einen Blick.

»Ich wusste gar nicht, dass man sich so aufs Kartoffelschälen freuen kann«, sagte Anouk. »Wollen wir Laura in die Küche begleiten, Shirin? Wir könnten ja sagen, dass wir statt Merle kommen.«

»Gute Idee!« Shirin grinste und legte den Arm um Laura. »Ich bin total neugierig, wie die Küche aussieht und was die Feen so an Wunderzeugs da unten haben.«

Marliese Arold, Jahrgang 1958, wollte schon als Kind Schriftstellerin werden. Aus Liebe zu Büchern wurde sie zunächst einmal Bibliothekarin. Seit 1983 ihre ersten eigenen Werke veröffentlicht wurden, arbeitet sie als freie Autorin. Ihre Bücher kennt man in über 20 Ländern. Sie hat zwei erwachsene Kinder und lebt mit ihrem Mann in Erlenbach am Main.